KB143488

| 편지마을 15집 |

서른 살, 편지마을에서 띄웁니다

2019년 전국 어머니 편지쓰기 모임 편지마을
창립 30주년 기념집

서른 살 편지마을에서 띄웁니다

초판 발행 2019년 10월 26일
지은이 편지마을
펴낸이 안창현 펴낸곳 코드미디어
북 디자인 Micky Ahn 교정 교열 오재령

등록 2001년 3월 7일
등록번호 제 25100-2001-5호
주소 서울시 은평구 갈현로 318-1 1층
전화 02-6326-1402 팩스 02-388-1302
전자우편 codmedia@codmedia.com

ISBN 979-11-89690-17-5 03810

정가 12,000원

이 책의 판권은 지은이와 코드미디어에 있습니다.
잘못 만들어진 책은 교환해드립니다.

서른 살,
편지마을에서 띄웁니다

346명과 함께한 30년

서금복(회장)

　　얼마 전 어느 세미나에서 편지마을의 한 선배님을 만났습니다. 첫 마디가 '나 밉지?'였습니다. 원고 마감일을 봄에서 여름까지 늦춰 주었건만, 끝내 편지 한 통 보내지 못해 미안하다는 말과 곁들여서 말입니다.

　　안타깝긴 하지만, 밉지는 않다고 했습니다. 우리가 원고 마감일을 한 계절이나 미룬 까닭은 부족한 책값 때문이 아니라 한 사람이라도 더 30주년이라는 귀한 잔치에 초대하고 싶었기 때문입니다. 30년이라는 세월은 돈 주고도 살 수 없으니까요.

　　편지마을은 1989년에 태어나서 1990년에 단행본 『당신이 작가라고?』를 냈습니다. 그리고 2년마다 작품집 및 서간집을 펴내어 올해 15호를 펴냅니다. 그동안 한 번이라도 참여한 회원을 헤아려 보니 346명이었습니다. 기계치인 나는 엑셀을 사용할 줄 몰라 연도별로 수를 놓듯이 회원 이름을 가나다순으로 정리했습니다. 그러다 보니 2년에 한 번씩 정리할 때마다 회원 번호를 일일이 옮겨야 했습니다. 미련퉁이 내 시간은 많이 들어갔지만 그 시간이 전혀 아깝지 않습니다. 한 사람 한 사람 이름 속에는 고인이 된 아픔이, 헤어진 안타까움이, 변치 않은 우정이 담겨 있습니다.

그런데 얼마 전 이런 나를 보며 누군가 그랬습니다. "그런 건 뭐 하러 정리해요? 시간도 없다면서…" 순간 가슴이 먹먹해졌습니다. 그리고 지금도 내 머릿속을 떠나지 않고 있습니다. 나는 뭐 하러 이런 통계를 내고, 편지와 앨범을 정리하는 걸까.

그러나 때로는 나 같은 사람도 있어야 한다고 생각합니다. 금방 볼 땐 필요 없는 것 같지만, 세월이 흐르면 그것이 역사가 된다는 걸 잘 알고 있습니다. 누군가 알아주는 역사가 아니라 풀꽃 같은 우리가 우리의 삶을 기록해 두었다는 자체만으로도 대단히 가치 있는 일이라고 생각합니다.

30년 동안 한 번도 빠지지 않고 단행본에 참여한 김여화, 배복순 선배님과 저에게 박수로 개근상장을 보냅니다. 입회 이후 줄곧 참여한 송정순, 이경희, 이계선, 이미경, 이연재, 이음전, 장은초, 장현자, 황보정순 님(10년 미만 신입 회원은 제외)에게도 우정의 악수를 청합니다. 그리고 누구보다 이번 30년 잔치에 참여해준 40명의 회원님께 머리 숙여 인사합니다. 아무리 과거가 찬란했더라도 떠난 사람보다는 현재, 이 자리를 지켜주는 분이 고맙기 때문입니다.

한동안 뜸했던 녹동회원님들의 참여를 위해 발 벗고 나선 조성악 초대회장님께 감사의 인사드리며, 녹록하지 않은 개인 사정으로 참여하지 못한 회원님들께는 2년 후에는 꼭 참여해 주십사 부탁드립니다. 편지마을은 30년에서 끝나는 게 아니니까요.

편지마을 서간집을 펴내며

346명의 이름을 정리한 것도 모자라 이번 기회에 30년 동안 받은 편지를 가나다순으로 정리했습니다. 40명씩 들어가 있는 파일 아홉 권의 배가 불룩합니다. 편지에 우표를 붙여 우체통으로 달려가던 우리의 젊은 날이, 아무것도 따지지 않고 사랑을 주고받던 우리의 순수가 내 곁에 머물고 있었습니다.

346명의 이름을 불러보며 앨범도 정리했습니다. 지금은 만나고 있지 않지만, 그들도 가끔은 우리를 생각하겠지요. 우리가 그 이름을 부르며 추억을 되새겨 보듯이 말입니다. 그리고 기대해봅니다. 이번에 펴내는 제15호 서간집에서 우리의 과거와 현재, 미래와 만나길 말입니다. 사람은 사람을 떠날 수 있지만, 추억은 편지를 쓴 주인 따라가지 않고 편지를 간직하고 있는 진짜 주인 곁에 머문다는 걸 절실히 깨닫습니다.

오늘부터 가을입니다. 편지마을이 태어난 가을이 서른 살 예쁜 나이로 우리에게 다가옵니다.

2019년 9월 1일

회장 서금복 (부회장 장현자, 총무 장은초) 드림

편지마을 회원

강경희, 강란희, 강병훈, 강복순, 강정애, 강정희, 강진규, 강혜기, 강혜숙, **강희진**, 고옥금, 곽경미, 곽경자, 곽양숙, 곽은숙, 구귀남, **구선녀**, 구애란, 권복희, 권소희, 권영순, 금세영, 기지숙, 김가연, 김경숙, 김경자, 김금숙, 김기선, 김기화, **김명숙**, 김명옥, 김명희, 김명희(전북), 김문자, 김미경, 김미애, 김민자, 김범례, 김복희, 김봉연, 김선희, 김성희, 김송포, 김수자, 김수옥, 김숙희, 김순기, 김순남, 김순남(전남), 김순옥, 김순자, 김언홍, **김여화**, 김연화, 김열용, 김영순, 김영옥, 김영임, 김영자, 김영자(제주), 김영희, 김옥남, 김옥련, 김옥진, 김옥희, 김용인, 김원순, 김유경, 김은란, **김은향**, 김임순, 김재란, 김정세, 김정수, 김정숙, 김정순, 김정식, 김정옥, 김정자, 김정자(경북), 김정자(서울), 김정희, 김종숙, 김주옥, **김지영**, 김진춘, 김초비, 김철순, **김춘란**, 김춘자, 김향자, 김현복, 김현옥, 김현자, 김현진, 김혜경, 김혜선, 김혜옥, 김호순, 김희정, 나순희, 나순용, 나화선, 노운미, 남미숙, 남주경, 남춘희, 노준녀, 도은숙, 동화란, 명점심, 문영숙, 문영순, 문영아, 문영혜, 문인숙, 문정자, 민경희, 민영기, 박경순, **박경희**, 박경희(경북), 박계환, **박귀순**, 박말순, 박명숙, 박명심(전남), **박병숙**, 박상희, 박순분, **박신영**, 박연화, 박예분, 박영자, 박옥녀, 박옥자, 박은경, 박은숙, 박은주, 박재희, 박주영, 박현순, 박현자, 박혜숙, 박혜정, 반혜정, 방계은, 배경숙, 배명선, **배복순**, **배영란**, 백경순, 백승희, 백영호, 백점순, **서금복**, 서기숙, 서봉희, 서애경, 서애옥, 서영금, 서영옥, 서원자, 서정순, 성갑숙, 성기복, 성보희, 성지윤, 소묘란, **손광야**, 손순미, 송병란, 송은정, **송정순**, 신미덕, 신순경, 신언정, 신유정, **신태순**, **신혜숙**, 심규순, 심미경, **심미성**, 안영자, 안미란, 양미희, **양은주**, 양영숙, 양영자, 양인석, 양정숙, **엄정자**, 여경희, **연인자**, 염효숙, 오미현, 오분연, 오선미, 오유경, 우미정, 원소영, 위혜경, 유경희, 유금준, 유미애, 유영애, 유은미, **유정숙**, 유현옥, 육금숙, 육동숙, 윤정이, 유애련, 윤영자(경북), **윤영자**, 윤정옥, 이경례, 이경아, **이경희**, **이계선**, 이경숙, 이귀정, 이 난, 이미경, **이미경(경북)**, 이미자, 이복례, 이복순, 이봉자, 이선나, **이성순**, **이루다**, 이수연, 이숙자, 이순님, 이순녀, 이순자, 이양수, 이연옥, 이연자, **이연재**, 이영옥, 이영자, **이예선**, 이옥순, 이옥형, 이원향, 이유경, 이은정, 이은숙, **이음전**, 이임순, 이정숙, 이종문, 이지영, 이지은, 이해숙, 이춘원, 이화련, 이효숙, 이효자, 이희연, 임광재, 임남순, 임영숙, 임유형, 임정란, 임정숙, 임정은, 임정자, 임진정, 임희자, 장성자, 장영주, **장은초**, 장은경, 장정순, 장춘섭, **장현자**, 전경순, 전필례, **전해숙**, 정마리아, 정민이, 정순득, **정순례**, 정정성, 정필자, 정현숙, 정혜정, 정혜숙, 정효순, **조금주**, 조선미, **조성악**, 조소정, 조용순, 주정희, 주현애, 진 숙, 차갑수, 차정화, 채경화, 채순예, 천숙녀, 천인자, 최계숙, 최동란, 최만자, 최미옥, 최복희, 최삼순, 최성순, 최수례, 최수옥, 최순용, 최영숙, **최영자**, 최옥자, 최은순, 최은심, 최정숙, 최춘희, 최현숙, 하경혜, 하호순, 한귀남, 한동숙, 한미정, 한숙자, 한영애, 한옥희, 한재선, 한재숙, 한현정, 한혜자, 함명자, 허수연, 현금숙, 현기정, 홍순옥, 홍정희, 황미자, **황보정순**, 황시언, 황점심.

7

Contents

편지마을 서간집을 펴내며 _4

Contents

강경희, 강란희, 강병훈, 강복순, 강경애, 강정희, 강진규, 강혜기, 강혜숙, 강희진, 고옥금, 곽경미, 곽경자, 곽양숙, 곽은숙, 구귀남, 구선녀, 구애란, 권복희, 권소희, 권영순, 금세영, 기지숙, 김가연, 김경숙, 김경자, 김금숙, 김기선, 김기화, 김명옥, 김명우, 김명희, 김명희(전북), 김문자, 김미경, 김미애, 김민자, 김범례, 김복희, 김봉연, 김선희, 김성희, 김송포, 김수자, 김수옥, 김숙희, 김순기, 김순남, 김순남(전남), 김순옥, 김순자, 김언홍, 김여화, 김연화, 김열용, 김영순, 김영옥, 김영임, 김영자, 김영자(제주), 김영희, 김옥남, 김옥련, 김옥진, 김옥희, 김용인, 김원순, 김유경, 김은란, 김은향, 김일순, 김재란, 김정세, 김정수, 김정숙, 김정순, 김정식, 김정옥, 김정자, 김정자(경북), 김정자(서울), 김정희, 김종숙, 김주옥, 김지영, 김진춘, 김초비, 김철순, 김춘란, 김춘자, 김향자, 김현복, 김현옥, 김현진, 김현희, 김혜경, 김해선, 김혜옥, 김호순, 김희정, 나순옥, 나순용, 나화선, 노운미, 남미숙, 남주경, 남준희, 노준녀, 도은숙, 동회란, 명점심, 문영숙, 문영순, 문영아, 문영혜, 문인숙, 문정자, 민경희, 민영기, 박경순, 박경희, 박경희(경북), 박계환, 박귀순, 박말순, 박명숙, 박명심(전남), 박병숙, 박상희, 박순분, 박신영, 박연화, 박예분, 박영자, 박옥녀, 박옥자, 박은경, 박은숙, 박은주, 박재희, 박주영, 박현순, 박현자, 박해숙, 박해정, 반해경, 방계은, 배경숙, 배명선, 배복순, 배영란, 백경순, 백승희, 백영호, 백점순, 서금복, 서기숙, 서봉희, 서애경, 서애옥, 서영금, 서영옥, 서원자, 서정순, 성갑숙, 성기록, 성보희, 성지윤, 소묘란, 손광야, 손순미, 송병란, 송은정, 송정순, 신미덕, 신순경, 신언정, 신유정, 신태순, 신혜숙, 심규순, 심미경, 심미성, 안영회, 안미란, 양미희, 양은주, 양영숙, 양영자, 양인석, 양정숙, 엄정자, 여경희, 연인자, 염효숙, 오미현, 오분연, 오선미, 오유경, 우미경, 원소영, 위혜경, 유경희, 유금준, 유미애, 유영애, 유은희, 유정숙, 유현옥, 육금숙, 육동숙, 윤경이, 윤에련, 윤영자(경북), 윤영자, 윤정옥, 이경례, 이경아, 이경희, 이계선, 이경숙, 이귀경, 이 난, 이미경, 이미경(경북), 이미자, 이복례, 이복순, 이봉자, 이선나, 이성순, 이루다, 이수연, 이숙자, 이순남, 이순녀, 이순자, 이양수, 이연옥, 이연자, 이연재, 이영옥, 이영자, 이예선, 이옥순, 이옥형, 이원향, 이유경, 이은경, 이은숙, 이음전, 이임순, 이정숙, 이종문, 이지영, 이지은, 이해숙, 이춘원, 이화련, 이효숙, 이효자, 이희연, 임광재, 임남순, 임영숙, 임윤형, 임정란, 임정숙, 임정은, 임정자, 임진정, 임희자, 장성자, 장영주, 장은초, 장은경, 장정순, 장춘섭, 장현자, 전경순, 전필례, 전해숙, 정마리아, 정민이, 정춘득, 정순례, 정정성, 정필자, 정현숙, 정혜경, 정해숙, 정효순, 조금주, 조선미, 조성악, 조소정, 조용순, 주정희, 주현애, 진 숙, 차갑수, 차경화, 채경화, 채순애, 천숙녀, 천인자, 최계숙, 최동란, 최만자, 최미우, 최복희, 최삼순, 최성순, 최수례, 최수영, 최순용, 최영옥, 최영자, 최옥자, 최은순, 최은심, 최정숙, 최춘희, 최현숙, 하경혜, 하호순, 한귀남, 한동숙, 한미경, 한숙자, 한영애, 한옥희, 한재선, 한재숙, 한현정, 한혜자, 함명자, 허수연, 현금순, 현기정, 홍순옥, 홍정희, 황미자, 황보정순, 황시언, 황점심.

편지마을 서간집

서른 살, 편지마을에서 띄웁니다

사랑하고 존경하는 엄마에게

강희진

엄마, 딸 희진이에요. 엄마에게 오랜만에 편지를 쓰네요.

어릴 때부터 항상 바빴던 우리 엄마. 맞벌이에, 집안일에, 연년생 남매에, 홀로 계신 할머니까지. 지금의 저보다 어린 나이에 많은 걸 책임지고 계셨네요.

친가와 외가를 옮겨다니며 살았던 어린 시절, 엄마는 외할머니를 엄마라고 부르는 저를 보며 슬프고 많이 속상했다고 하셨죠. 집안 상황이 어려우니 그땐 어쩔 수 없는 선택이었죠.

엽이랑 저는 주말 아침만 되면 동네 초입에 있는 큰 느티나무 아래에 앉아 엄마 아빠를 기다렸어요. 주말은 언제나 짧고 헤어질 시간은 금세 다가오고 헤어짐은 슬펐지만, 주말에 또 만날 수 있다는 희망으로 잘 지냈어요.

이 글을 읽고 너무 미안해하지 마세요. 아이 걸음으로 30분 걸어 유치원도 잘 다니고 친구들과 산과 냇가에 놀러 다니며 재밌게 지냈거든요. 엄마가 유치원 졸업쯤 물으셨죠. 할머니랑 같이 살 건지, 엄마 아빠랑 같이 갈 건지. 난 당연히 엄마 아빠 있는 곳으로 간다고 했죠. 엄마는 내가 광주에 와도 챙겨주기 힘들다고 하셨죠. 그래도 전 매일 엄마 얼굴 볼 수 있으니, 그것만으로도 좋았어요. 그런데 국민학교 1학년이 혼자 가방 챙겨 오전 오후반 가는 건 쉬운 일이 아니었어요. 어느 날은 오후반이었는데 졸려서 잠깐 잔다는 게 일어나 보니 오후 5시였지요. 너무 놀라서 엄마에게 말도 못했었죠.

조금 더 컸을 때도, 엄마는 계속 일을 하셨고 전 동생까지 챙겨야 했죠. 동생을 너무 사랑하고 예뻐했지만 그땐 저도 보살핌이 필요한 시기였거든요. 엄마는 항상 우리 딸이 있어서 좋다, 착하다, 말씀하셨지만 전 힘들게 사는 엄마 모습을 보며 차마 제 고민을 말하지 못했어요. 항상 참기만 했죠. 그때 전 힘든 얘기를 누군가와 나눠도 된다는 걸 몰랐어요. 그래서 어린 마음에, 내가 나중에 결혼을 해서 엄마가 되면 내 아이가 날 필요로 할 때까지 옆에 있어 주고 싶었어요. 그런데 막상 제가 엄마가 되니 그 시절 쉴 틈 없이 일했던 엄마. 장사하시느라 제대로 된 여행 한번 못 가신 엄마. 얼마나 외롭고 힘들었을까 하는 마음이 들었어요.

어릴 때 엄마는 제게 인사와 예쁘게 말하는 걸 강조하며 가르치셨죠. 덕분에 멀리 지나가는 동네 어른을 봐도 뛰어가서 인사하는 아이로 자랐어요. 문득 엄마는 내겐 그렇게 가르치고 왜 나에겐 따뜻하고 다정다감하게 말은 안 해주셨을까 궁금했어요. 어른이 되어 나름의 답을 찾았어요. 일상이 바쁘니 마음의 여유가 없고 엄마도 할머니한테 배운 적이 없으니 내게 가르쳐 줄 수 없었다는 걸.

제가 도연이를 키우다 보니, 아이가 조금만 아파도 신경이 온통 그쪽에 쓰여 다른 일은 손에 잡히지 않는데 엄마는 얼마나 많은 날들을 그렇게 맘 졸이며 사셨을까 하는 생각이 들었어요.

제가 워낙 잠이 많다 보니 도연이 낳고 새벽 수유가 너무 힘들었어요. 엄마는 직장에 나가셔야 되는데 그 모습을 보고 딸 잠 더 자라고 아이 봐주시고 친정에 가면 애 키우느라 편히 밥 못 먹는 딸이 안쓰러워 좋아하는 음식 만들어 주시고 다 먹으면 큰방에 가서 편히 자라고 아빠와 함께 도연이를 데리고 나가 놀아주셨죠.

엄마는 말씀은 툭툭 무심하게 하시지만 힘든 일에는 툴툴대거나 불만을 갖기보단 그 시간에 어떻게 해결할 것인지 우선 행동하셨죠. 작은 체구에서 뿜어져 나오는 에너지.

항상 씩씩하고 든든한 엄마가 무너지는 순간을 본 적이 있어요.

아빠가 교통사고로 의식이 없었을 때. 나랑 애들 놔두고 가면 어떻게 사냐고 서럽게 울던 엄마의 모습이 아직도 생생해요. 나에게 엄마는 아빠보다 강한 생활력과 삶의 의지를 가지고 살던 분이라고 생각했는데, 엄마도 엄마이기 이전에 여자라는 걸 알았어요. 엄마라는 이름이 생기면서 온몸으로 겪어야 했던 현실. 얼마나 무섭고 힘드셨을까.

이만큼 키워주신 것만으로도 감사한 마음이 들었습니다. 난 엄마보다 더 좋은 엄마가 될 자신은 없어요. 그래도 노력해 볼게요.

사랑하고 존경하는 엄마,

우리 사이좋게 지내면서 여행도 다니고 맛있는 것도 먹으며 좋은 추억 많이 남겨요.

2019년 5월 31일
딸 희진 올림

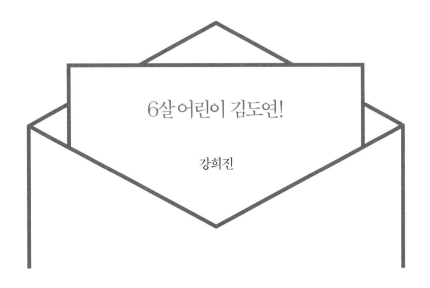

6살 어린이 김도연!

강희진

6살 어린이 김도연!

엄마가 요새 부르는 이름이지.

"어린이 좋겠다~" 하면, 엄청 뿌듯한 표정으로

"엄마, 어릴 때는 없었어? 엄마는 뭐 가지고 놀았어?" 묻는 아이.

아침에 "잘 잤어?"라고 물으면, "엄마 기분 좋은 아침이야. 엄마 기분도 좋아?" 묻는 아이.

잠 푹 자고 밥 편하게 먹어 보는 게 소원이었는데, 어느새 같이 식탁에 앉아 혼자 밥을 먹고 있다니. 엄마는 신기하고 우리 아가의 어린 시절이 너무 빨리 지나가는 것 같아 아쉬워. 우리 도연이가 이 편지를 언제쯤 읽게 될까? 읽으면서 어떤 마음이 들까? 지금처럼 엄마를 제일 좋아한다고 말해 줄까? 엄마는 궁금하네.

아빠는 주말 내내 도연이가 엄마를 부르면, 얼마나 빚을 많이 졌으면 계속 따라다니며 부르냐고 놀리곤 한단다.

지금은 엄마밖에 모르지만 나중이면 친구도 알고 사랑하는 사람도 생기겠지. 초등학교를 가고 사춘기가 오면, 넌 엄마를 벗어나 점점 더 성장하고 멋진 어른이 되겠지.

엄마가 좋아하는 〈리틀 포레스트〉라는 영화가 있어.

영화 속에 엄마가 딸에게 쓴 편지가 나와.

'우리 혜원이도 곧 대학생이 되어서 이곳을 떠나겠지. 이제 엄마도 이곳을 떠나서 아빠와의 결혼으로 포기했던 일들을 시도해 보고 싶어. 실패할 수도 있고 또 너무 늦은 게 아닌가 하는 불안감도 있지만, 엄마는 이제 이 대문을 걸어나가 나만의 시간을 만들어 갈 거야. 모든 것은 타이밍이라고 늘 말했었지. 지금이 바로 그때인 것 같아. 아빠가 영영 떠난 후에도 엄마가 다시 서울로 돌아가지 않는 이유는 너를 이곳에 심고 뿌리 내리게 하고 싶어서였어.

혜원이가 힘들 때마다 이곳의 흙냄새와 바람과 햇볕을 기억한다면 언제든 다시 털고 일어날 수 있을 거라는 걸 엄마는 믿어. 지금 우리 두 사람 잘 돌아오기 위한 긴 여행의 출발선에 서 있다고 생각하자.'

부모는 자녀에게 세상이 얼마나 재밌는지 알려주는 사람이래.

도연이는 엄마가 제일 잘하는 게 재미있는 곳 데려다 주는 거라고 했지. 추억은 살아가는 즐거움의 절반이라는 말이 있어.

우리 도연이에겐 아직 어려운 말이겠지만 살아 보니 맞는 말 같아.

엄마 생각에 살아가는 데 가장 중요한 세 가지가 있어.

건강, 사랑하는 사람들, 좋아하는 일. 우리 도연이가 그 길을 걷는데 힌트를 얻을 수 있게 다양한 경험과 추억 많이 남기자.

그리고 살다 보면 성장통을 겪는 시기가 있어. 안타깝지만 엄마가 대신 아파줄 수 없단다. 도연이 스스로 잘 이겨낼 수 있도록 응원해 줄게. 우리 도연이 태명처럼(사랑이) 엄마는 널 처음처럼 지금도 영원히 사랑한단다.

엄마 아빠한테 와 줘서 고마워. 지켜줄게. 소중한 아기야.

2019년 5월 31일
사랑하는 우리 아들에게

나는요? | 강희진

6살 남자아이를 키우고 있는, 편지마을 신입 회원입니다.
2년 전, 편지마을을 만나게 되었고 선배님들이 지켜주신 덕분에 올해 30주년이라는 의미 있는 자리에 참여하게 되었습니다. 현재, 광진 문화예술회관에서 동시를 배우고 있습니다. 선배님들처럼 꾸준히 글을 쓰고, 다른 사람들과 나누는 길을 배우며 따라가고 싶습니다.

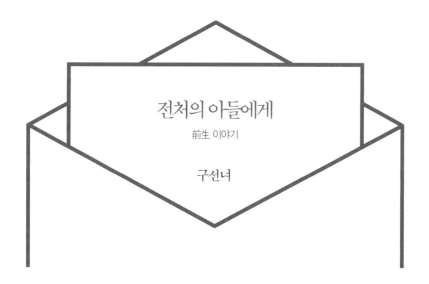

전처의 아들에게

前生 이야기

구선녀

레디 썬~

텔레비전에서 보았던 유명 연예인들의 과거 이야기를 신기하게 본 적이 있었단다. 레디 썬과 동시에 연예인의 전생이 정답처럼 만들어지고 꿈을 꾸듯 신들린 사람처럼 진행자의 지시와 주문에 따라 전생으로 돌아가 그때 자신의 삶을 찾아내며 대부분의 사람들이 악몽을 꾸듯 힘들어하며 울며 옛 기억에 빠져들었던 전생이라는 과거의 삶.

얼마 전 나는 『당신의 전생을 읽어드립니다』라는 제목의 도서를 발견하고는 홀리듯 전생(前生) 이야기 속으로 빠져들었단다. 처음엔 설마 뭐 이런~~ 의심도 했고 불신도 했지만 도서에 기록되어 있는 많은 사례들이 하나같이 가슴에 와 닿았기에 믿게 되었고, 그 전생리딩가는 아주 유명한 사람이란 걸 알게 되었지. 나도 전생리딩가를 직접 만나보고 싶어 몇 달을 기다려 내 순번

날짜가 다가왔단다.

드디어 나는 전생에 어떤 사람이었을까? 우리 가족은 어떤 인연으로 현생에서 다음 생을 준비하기 위해 이생에서 이토록 아픈 사연들로 웃고 웃으며 고민하고 갈등하는 것일까?

전생리딩가는 30대 정도로밖에 보이지 않는 젊은 여성이었다. 책에서, 인터넷에서 보던 그 모습 그대로 쪽진 머리로 흰색 생활한복을 입고 눈을 감고 누군가에게 절실히 기도하듯 그렇게 나를 맞이하였다.

전생리딩가를 돕는 어떤 남자분이 리드해 나갔다. 나의 이력과 가족상황, 그리고 사진을 보여주며 이야기 속 텔레비전 연예인들처럼, 나와 가족들과의 연결고리를 풀어주었단다.

전생리딩가 옆 남자 조력자는 영적 과거와 현생의 숙제를 해결해야 하는 사람처럼 빨려 들어가는 목소리로 조용히 물었다.

"구선녀 님은 과거 전생에 어떤 사람이었습니까?"

전생의 나를 불러내고 있다는 신비함까지 들었다. 침묵은 잠시,

"원나라가 세워지기 전에 몽고족의 어느 부족장이었습니다. 여러 부족으로 흩어져 있었습니다. 무술과 무예, 군사적 전략 전법이 뛰어난 사람으로 본인 스스로 장군으로 부족민을 챙기고 훌륭한 역할을 했던 사람입니다. 그 다음 생은 고려후기 스님(은둔스님), 비구승으로 수행하셨던 생이 있었습니다. 많은 사람을 만나지는 않았고, 혼자만의 은밀한 생활을 위주로 하였습니다. 정화하는 시기였습니다.

그 다음 생은 조선시대였고 훈장선생님 같은 자격으로 마을 사람들에게 농경사회의 농법기술을 가르치고, 지혜를 활용하여 날씨도 함께 이용할 수 있게 해준 지역에서 훌륭한 사람이었습니다."

그 순간에도 나는 전생에 내가 훌륭한 사람이었다니, 참 다행이다 싶었다.

"구선녀 님의 현생에서는 영적 숙제는 다른 사람의 삶을 지도하고, 몽고 때의 살생을 현생에서 공무원 생활하면서 돕고 살아야 합니다."

"지금의 남편은 누구입니까?" 나즈막한 소리의 조력자 질문이 떨어지자마자 "원나라 부족장일 때 후실(후궁)이었습니다. 그리고 지금의 큰아들은 후실이 낳은 자식이었습니다.

남편과 큰아들은 후실의 처지였기에 왕이 되고 싶은 욕심으로 전처 아들을 계략해서 쫓아낼 궁리를 하고, 전처는 병으로 죽고, 지금의 작은아들은 주위 세력의 모함으로 그 부족을 떠나야 하는, 과거의 세습분쟁으로 가족이 화합하지 못하고 현생에서는 화합하고 이해하고 사랑하라는 관계로 인연이 맺어졌습니다."

전생리딩가를 만나고 온 이후, 너(작은아들) 때문에 속을 끓이던 나는 위로를 받고 앞으로 내가 어떻게 해야 할지 그렇게 불안한 날들이었는데, 여러 가지 생각으로 안정을 찾을 수 있었단다.

너(전처의 아들)에게 그때 가지고 있던 억울함, 분노, 가지지 못하고 쫓겨나야 했던 서러움이 현생에 인연으로 만나, 잘 풀고 가라는 암시일 것라는 생각에서였다.

속을 썩이던 작은아들에게 무조건 원망만 할 것이 아니라, 너에게 그런 억울함이 있었구나, 미안하다며 평소에 나누지 않던 많은 이야기들을 통해 이해하고 용서하고 풀어나갈 수 있게 노력하라고 했다.

자칫 무조건 아이만 비난하며 내 팔자는 왜 이러냐며 억울해할 수 있었는데, 덕분에 많은 사람들의 짐을 받아주고 풀어주는 사회복지공무원으로 내 몸이 이렇게 힘들고 있다는 생각도 들었단다. 원나라 부족장일 때 칼을 쓰고 사람을 다치게 할 수밖에 없었던 과거의 내 생과 병들어 죽고 없는 전처의 아들을 챙기지도 못하고 주변에서 모략과 모함으로 쫓겨나게 만든 지혜롭지 못했던 그때의 일을 반성하고, 그 당시 쫓겨나야만 했던 엄마 없는 아들의 위치는 얼마나 불안하고 억울했을까? 그 당시의 억울함을 현생에서 보상이라도 받듯 가족 구성원이 된 지금의 내 작은아들에게 지혜로움을 전해주고 싶었다.

조력자의 마지막 조언이 잊혀지질 않는다. 그때 지혜롭지 못한 아버지와의 관계에서 물러나야 했던 왕국의 주인이 될 수 있게 가족들이 도와주시면 그때의 억울함이 풀어질 것 같다. 그러면서 현재 형이 운영하고 있는 커피가게를 잘 살려 커피왕국을 만들어 작은아들에게 물려주면 그때 전생의 빚을 조금 갚을 수 있을 것 같다며.

커.피.왕.국.이라…. 조력자는 꽤 괜찮은 단어와 낱말, 용어들을 많이 알아야겠구나. 어쭙잖은 걱정까지 곁들이면서.

작은아들!

엄마는 지금 정말 행복해. 오랜 방황을 정리하고 예전처럼 돌아와 주어 얼마나 행복한지, 눈물이 날 만큼이야. 참말로 고마워. 그리고 무엇이든 건강이 최고인 거 알지? 첫째도 둘째도 다 건강이야. 훤칠한 키와 잘생기고 성격이 좋아 친구도 많은 너는 누구보다 머리가 좋아서, 그리고 한 번에 이해되게 모든 것에 설득력이 대단한 너는 엔터테인먼트잖아. 맞지?

지난 어버이날 때 형에게 빌려서 사준 엄마 선물과 꾹꾹 눌러 써준 장문의 편지 읽으며 얼마나 울었는지 모르지? 그게 행복의 눈물이란 걸 알겠더라고.

사랑한다. 아들! 하늘만큼, 땅만큼.

2019년 어느 날
엄마가

나는요? | 구선녀

편지마을 단행본 제작 때마다 『나는요?』 내용을 기억해 내고, 들추어 보면, 늘 비슷한 생각이 적혀있어 내 스스로 놀랄 때가 있습니다.

더 많은 세월이 지난 지금도, 다른 일을 해 보고 싶다는 생각이 나서 고민을 해 보지만, 결론은 지금 하고 있는 글쓰기와 이야기 할머니, 작은 도서관 꾸미는 계획을 놓지 않겠습니다.

다음번 단행본 제작 때는 아마 공직을 마무리하고 나의 꿈이 하나씩 실현되고 있지 않을까 하는 기대를 해봅니다. 계획도시 창원에서 생활하고 있고, 아직은 공무원에 재직 중입니다. 아름다운 사람이고 싶습니다.

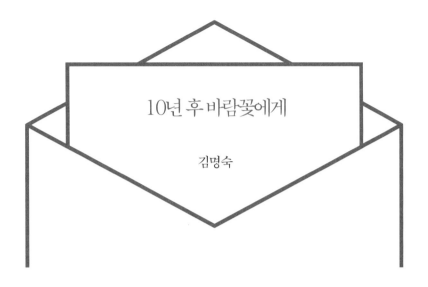

10년 후 바람꽃에게

김명숙

바람꽃! 불러 놓고 보니 눈물이 왈칵 솟구친다.

고개를 넘을 때마다 떡 달라고 손을 내밀던 호랑이가 있었지. 회색빛 터널도 시나브로 끝이 보이니 이제 두 다리 쭉 뻗어도 돼. 잘 버텨 준 네게 토닥토닥 등이라도 두드려 주고 싶다.

지난해 연말엔 참으로 많은 일들이 있었지. 딸의 결혼식을 앞두고 무일푼이라 밤잠을 설친 것도 잠시, 기특한 딸이 시원하게 해결하여 감동의 늪에 푹 빠졌지.

장모가 된 일은 내 인생의 네 잎 클로버야. 굴러 떨어지는 바위 같은 세월이었음에도 불구하고 딸은 오히려 나를 위로하며 잘도 견뎌 주더구나. 지금도 생각하면 가슴이 저려오지만 아주 잘 살고 있어 고맙고 대견할 뿐이야. 특히 아침밥을 정성껏 해 주어 정서방이 딸에게 후한 점수를 주어 기쁘다. 안사

돈도 며느리 칭찬을 하니 친정엄마로서 감사할 따름이야. 어른 모시고 산 세월이 눌림돌이요 버팀목이요 디딤돌이 된 것 같아. 볼수록 매력적이고 바라볼수록 보고 싶다는 뜻을 지닌 볼매! 바보 정서방이 복덩이인가 봐.

지난해 10월 7일 사위로 맞이하고부터 술술 풀리기 시작하니 신바람 천국이야. 신산한 지난날을 보상하기라도 하듯 비단결 사위를 맞이하여 꽃길을 걷게 되었지.

사위가 출장 간 틈을 타 친정엄마라고 나를 초대했지.

다른 걱정은 없었는데 난지도로 만드는 탁월한 능력이 있었기에 그 한 가지가 걸렸지. 예상을 뒤엎고 유리알처럼 해 놓고 살더라. 일등 살림꾼이 된 딸에게 오히려 배워 올 정도였어. 그 후 딸 걱정은 봄눈이라 친정엄마로선 최고의 행복을 누리는 요즘이야.

아들 역시나 긍정적이고 적극적인 유전인자를 받았는지 알아서 척척 살아 주니 자식 걱정은 안 해도 될 것 같아.

비록 실업자로 전락한 요즘이지만 행복지수는 꽃등이야. 전화위복의 기회로 만들어 요리조리 시간을 디자인하다 보니 이보다 더 옹골찰 순 없다. 실업급여를 받으면서 요양보호사와 한식 조리사에 도전장을 내밀고 열심히 배우고 있지. 히포크라테스의 기질에 대한 강연은 나를 더 사랑하게 만들었단다. 변하지 않는 내 기질은 다혈질, 담즙질로 나왔어.

상담 강사가 말했지. 낙천적이고 도전적이고 적극적이라 탁월한 지도자가 될 소지가 다분하다고 하여 어깨가 으쓱했지. 그래도 난 소확행의 달인이라

거대한 꿈보단 소소한 행복을 찾으며 살고 싶어.

지금처럼 이렇게 살다 보면 10년 후의 나는 여전히 행복하겠지. 행복은 어느 날 갑자기 하늘에서 뚝 떨어지는 것이 아니라 습관이잖아. 습관은 곧 노력이야. 낙숫물이 댓돌 뚫듯 행복해지려는 노력도 매일 하다 보니 시나브로 행복 전도사가 되어있더라.

완행열차에 마음을 싣고 차창 밖 풍경에 곰실곰실 웃음꽃이 피는 지금 이대로만 유지되어도 성공이라고 생각해. 그러면서도 욕심이 능청스럽게 고개를 드는 이유는 뭘까.

딸이 결혼한 지 반 년이 훌쩍 흘렀네. 사위와 딸을 닮은 손녀가 태어나 방실방실 웃음꽃을 피워 주고 있으면 좋겠다. 점점 욕심이 불어나는 건 어쩔 수 없네. 여자 친구가 있는 아들도 몇 년 후엔 결혼도 하고 역시 손자나 손녀 한 명쯤 낳아 잘 키우고 있었으면 좋겠다.

얼마 전까지만 해도 족쇄를 채웠던 남편도 순한 양이 되어 자유를 맘껏 누리니 폭포수 아래 서 있는 기분이야. 10년 후엔 경제난까지 해결되어 맘껏 여행을 하고 있었으면 좋겠다. 제주도도 한 번 못 가본 인생이잖아. 그땐 해외여행을 두루 다니고 있길 간절히 바란다. 직업적인 면에서도 성공을 거두고 싶어.

요양보호사, 조리사 모두 적성에 맞으니 뭘 하고 있을지 모르겠네. 요양보호사가 된다면 어르신들의 효자손이 되어 드릴 거야. 시부모님을 모시고 살다 보니 어르신들을 기쁘게 해드리고 보살펴 드리는 일은 자신 있잖아. 조리사도 잘할 것 같아. 틈만 나면 집밥을 해 먹인 실력인데 돈까지 받으니 콧노래 부르면서 일을 즐길 수 있을 거야. 집밥을 먹어 본 사랑방 손님들이 다들 손맛이 깊다고 했거든. 사랑하는 마음으로 조물조물 무쳐서일 거야.

요즘 버킷리스트를 하나씩 실천해 나가는 재미가 꿀이야. 살다 보니 이런 날도 오네. 글쟁이로 살다 보니 새로운 경험은 심마니가 '심봤다'를 외치는 심정이지. 특히 신비로운 체험은 맨발로 흙길 걷기야. 지금 일주일째 운동장과 산길에서 틈만 나면 맨발로 걷고 있거든. 놀라운 변화가 일어나고 있어. 잔잔한 행복감과 마음이 평온해지고 자신감과 자존감이 훨씬 높아짐을 느낀단다.

10년 후엔 회춘하여 더 강한 신바람을 일으키고 있을 것 같아. 지금까지 모아 둔 편지모음집과 수다상으로 수더분한 책도 한 권 출판할 것 같은 행복한 예감도 든다. 아무런 욕심이 없다고는 했지만 세상에 태어나서 밋밋하게 살 순 없지 않겠니? 버젓하게 책도 내고 지금까지 얼굴 없는 바람꽃으로 살아왔다면 10년 후엔 당당하게 얼굴을 내밀고 있을 것 같아.

자꾸만 혹이 불어나네. 남들이 강사 체질이라고 하니 청중을 사로잡는 명강사가 되어있을지도 모를 일이다. 마구마구 설렌다. 꿈망울이 하나씩 피어날 것 같은 10년 후 너의 미래가.

바람꽃이란 애칭도 얼마나 좋은지 몰라. 바람처럼 그물에 걸리지 않고 꽃처럼 예쁘게 나이 들고 싶어. 실명도 마음에 쏙 든다. 할아버지께서 밝고 맑게 살라고 '명숙'이라고 지어 주셨다지. 이름대로 잘 살아주고 있는 바람꽃 네가 참 좋다.

10년 후 지금 쓴 편지대로 살고 있길 바랄게.

바람꽃 김명숙! 사랑하고 고맙대이!

2019년

내가 나에게

나는요? | 김명숙

1963년생 대구 바람꽃입니다.

편지마을에 입촌한 지 강산이 두 번 구르고도 살짝 더 구른 세월입니다.

한 번도 친정을 잊어 본 적이 없는 나름 효녀랍니다. 글쟁이는 글로써 말해야 한다는 생각엔 변함이 없는 고집쟁이랍니다.

화수분처럼 글쓰기를 해 온 것이 자존감 나무를 키웠습니다.

지난해 장모가 되어 사위만 생각하면 입꼬리가 올라가는 사위 바보랍니다.

결혼한 딸의 입에서 천국이라는 말을 들으니 이보다 더 고마울 순 없네요.

이제 어른 셋만 덩그러니 남았습니다. 가난해도 서로를 아끼고 사랑하니 살만합니다.

요즘 맨땅요법의 매력에 푹 빠져 널리 홍보 중입니다.

제 인생의 봄날을 만끽하는 지금이 최고의 금입니다.

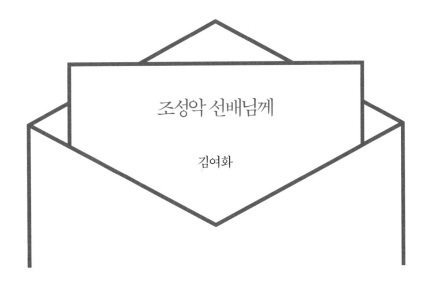

조성악 선배님께

김여화

　　선배님 참 오랜만에 편지를 씁니다. 건강은 하신지, 잘 계신지, 늘 궁금하기는 하면서도 그 옛날처럼 쉽게 편지를 쓰지 못하고 산 것이 십수 년입니다. 편지마을을 처음 창립할 때 1989년 그 무렵에는 자주 편지를 써서 우체국으로 가 편지를 부치면서도 바쁘다고 하지 않았었지요.

　　어느샌가 처음 만났던 선배님 나이가 되었습니다. 환갑 진갑 다 지나고 왜 이렇게 바쁘게 사는 건지 아직 저는 바쁘게 살고 있습니다. 전처럼 농사일도 많지 않고 일손을 줄였으면서도 바쁜 건 늘 마찬가지입니다. 꼭 손으로 편지를 써야 했던 그 시절에도 팔이 아프도록 편지를 썼는데 지금도 여전히 컴퓨터 자판을 두드리는 손가락이 아픕니다.

　　30년 세월 속에 저는 어느새 손자 셋을 둔 할머니가 되어있고 글쟁이로 등단도 하고 지역의 문협을 이끌고 일하면서 여전히 바쁘게 살고 있습니다.

　　늦게 갖게 된 직장은 전에 다니던 직장보다 월급도 최저임금 수준이 올라

가면서 요즘은 제법 제 할 일을 해내는 직장인이고 시어머니이고 아내이고 큰딸로 살고 있습니다.

아마 선배님도 저희 어머니와 비슷한 연배가 되셨겠지요? 친정어머니를 모셔온 지 4년이 지났네요. 올해 여든일곱, 당신 말씀처럼 참 많이 먹었다고 늘 그러시는데 아마도 선배님께서도 우리 어머니와 비슷하셨던 것으로 기억됩니다. 요즘 건강은 어떠하신지 참 궁금합니다.

오래전에 서울에 가서 선배님댁을 방문했을 때 그때가 장위동이었나요? 그렇게 반겨주시고 돌아오는 내 손에 김밥 몇 줄 쥐어주시던 모습, 버스가 떠나도 여전히 골목에서 손을 흔들던 모습 참 고왔습니다. 덕진 연못가에서 만났던 그 여름 모시적삼 단아한 모습은 지금도 고운 모습 그대로 눈에 선합니다.

제가 등단을 했을 때 심사위원 한 분이 그랬지요. 한 우물만 파라고. 그래서 외부의 활동보다는 임실에서만 열심히 활동하고 그에 관련된 글만 쓰게 된 것도 30여 년이 되었습니다. 이제는 그동안 벼르고 벼르오던 일들을 해냈고 3년에 걸쳐 힘은 들었지만 보람도 있었습니다. 남들이 쉽게 할 수 없는 일을 해냈으니까요.

누구도 위로해 주지 않는 고달픈 일이었지만 책 한 권에 사진 3천여 장씩을 게재하는 일은 정말 힘든 작업이었습니다. 임실의 마을들 책을 3권이나 냈고요. 올해는 임실의 사투리를 모아 어휘록을 만들었습니다. 사투리책 만드는 일은 좀 서두른 감도 있어요. 하지만 남들이 만들어야겠다고 생각했을 때 한 발 빠르게 책을 일단 마무리를 해 놓고 보니 어느 대학교에서 전라북도의 사투리 책을 만들고 있다고 하네요. 서둘렀던 조바심이 그나마 다행이라고 여겨집니다. 사투리 어휘록은 초판이 부족하여 재판을 찍을 준비에 여

넘이 없습니다.

재작년 10월 심근경색 시술 후, 엄청나게 시달려왔던 건강도 이젠 챙기려고 합니다. 요즘은 전보다는 좀 나아진 상태입니다. 약도 충실히 잘 먹고 있습니다. 날마다 운동도 열심히 하고 있고요. 내가 건강해야 자식들에게도 짐이 되지 않는다는 것을 알았으니까요. 요즘은 몸이 피곤하면 열일 제치고 따뜻한 방에 누워서 쉬려고 한답니다.

선배님! 앞으로 남은 삶은 선배님이나 저나 지나온 세월보다는 짧겠지요? 그래도 그동안 살아온 30년 후회되진 않아요. 참으로 열심히 살아왔으니까요. 두 아들을 키워서 딸 같은 며느리도 둘이나 봤고 손자들도 셋이나 잘 자라고 있습니다. 이젠 우리 부부 건강을 챙기면서 욕심부리지 않고 살려고 합니다. 선배님께서도 항상 건강 챙기시고 오래오래 예전처럼 우아하고 고운 모습으로 남아주세요.

지금도 참 그립고 그리운 이름입니다. 건강하세요. 선배님은 항상 저희들의 거울이 되셔야 합니다.

2019년 늦봄
임실에서 김여화 올림

나는요? | 김여화

편지마을 회원으로 올해 나이 예순여섯. 30여 년이 지난 지금은 손자 셋의 할머니이고 그 세월 동안 고향 문단을 이끌어 밑거름으로 거듭났습니다. 임실을 위하여 한 우물만 파왔던 30년 세월의 결실을 맺었지요.
『사진과 함께 보는 임실의 마을들』1, 2, 3권과 『임실사투리 어휘록』을 만들었어요.

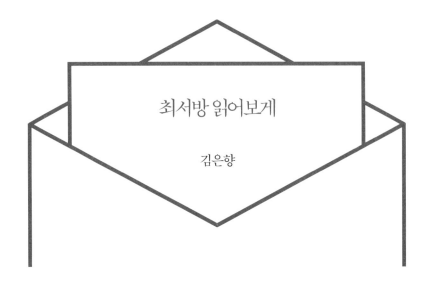

최서방 읽어보게

김은향

　　자네가 우리 집에 온 것은 하나님이 주신 가장 큰 선물인 것 같아서 늘 감사한 마음을 가지고 있네. 5월의 푸른 들녘에 펼쳐지는 꽃향기 같은 자네를 생각하니 밥을 먹지 않아도 배가 부른 것 같아. 왜냐고? 우리 딸이 사랑하는 사람이니까. ㅎㅎ

　　늘 웃는 얼굴은 상대방을 행복하게 해주는 마력이 있는 것 같단 말이야. 처음 본 순간부터 지금까지 부드러운 인상을 가진 자네를 예쁜 마음으로 보고 있지만, 앞으로도 그 마음은 변함이 없을 것 같아.

　　조금 있으면 아빠가 되지. 진심으로 축하해. 짱아 아빠로서 부족함 없이 잘해낼 것 같아서 마음이 놓이네. 민애가 배불러서 힘들다고 하면 밥도 해서 먹이고 임신한 배가 나오기 시작하면서 살이 틀까 봐 마사지를 해주는 모습만 봐도 벌써 아빠 자격은 충분하다고 믿어.

　　일하고 집에 오면 둘 다 힘들 텐데 '오빠가 퉁퉁 부은 다리를 시원하게 만

34

져준다'며 동영상을 찍어서 보내오는 것을 보면 마음이 든든하고 보기가 좋았어.

우리 집에 아들이 없어서 그런지 들어오는 사위는 아들처럼 믿음직하고 편했으면 하는 바람이었어. 자주 만나야 정이 생기겠지만 멀리 떨어져 자주 만나지는 못해도 늘 가까이에 머무는 사람처럼 느껴져서 좋아.

최서방, 민애가 자네를 많이 좋아하는 거 알지? 오빠가 잘해준다고 자랑을 자주 한다네. 얼마나 보기가 좋은지 몰라.

얼마 전에 친정어머니께서 돌아가셨을 때도 상복 입고 아들 역할을 톡톡히 해주었지. 조금은 큰 옷이었지만 괜찮다고 하며 3일 내내 자리를 지켜 주던 그 마음을 잊을 수가 없네. 민애와 둘이 큰일을 맡아서 하는 걸 보니 맏아들같이 든든하고 뿌듯했어. 늦었지만 고맙다는 말을 하고 싶어.

가끔씩 집에 오면 "어머니가 해주는 반찬이 너무 맛있어요."라며 많이 먹어 주던 모습, 배가 부른데도 억지로라도 몇 숟가락 더 먹어주는 마음은 음식을 준비한 나를 생각해 주는 것 같아 다음에 또 해주고 싶은 생각을 하게 만든단 말이야.

내가 딸내미한테 평소에 하는 소리가 결혼할 사람은 다른 것은 몰라도 마음이 착해야 한다고 했었어. 성질 못되고 급한 사람은 별로라고 얘기했었는데 민애가 귀담아 들었던가 봐. 딱 맞는 사람을 데리고 와서 기분이 엄청 좋았지.

다른 집 장모들보다 더 잘 챙기고 잘해주고 싶었는데 마음뿐이지 행동으로 잘 안될 때가 많았지. 직장 생활한다는 핑계로 잘해주지 못해서 서운한 점은 없었는지 모르겠네. 속으로는 늘 멋진 최서방으로 생각하고 있지만, 문제는 표현을 못 하는 내 성격 때문에 마음을 보여줄 수가 없다는 거야. 정말 내 마음은 두 사람한테 잘해주고 싶고 그 마음은 지금도 변함이 없어.

어떨 때는 내가 부자였으면 얼마나 좋을까? 그런 생각도 해본다네. 두 사람의 부족한 부분을 채워주고 하고 싶은 것 다 해줄 수 있는 부모라면 참 좋을 텐데 하고 말이야. 희망 사항이지만 소박한 꿈이라도 이루어지길 소망하는 마음을 가져보면서 혼자 웃어본다네.

최서방! 이제 아이의 웃음소리가 들릴 날이 얼마 남지 않았네.

짱아가 어떤 모습으로 우리에게 다가올까 몹시 궁금하다네. 민애를 닮았을까? 최서방을 닮았을까? 둘이 합한 작품이라면 몹시 예쁜 아이가 태어나리라 기대를 해본다네.

태교는 태아를 교육시키는 것이 아니고 한 여자와 한 남자가 한 사람의 엄마와 아빠가 되기 위해 준비하는 과정이라고 했어. 힘들지만 서로 위해주고 사랑하면서 멋진 아빠가 되기 위해서 노력해야겠지. 복부 마사지도 많이 해줘. 뱃속에 있는 아기도 아빠의 사랑스러운 손길을 느낄 수 있을 거야. 자네가 아빠 준비를 하는 동안 나는 외할머니 될 준비를 해야 하나?

아름답고 행복한 가정을 만들어 가는 것도 서로의 노력이 필요하다고 생각한다네. 최서방을 믿기 때문에 걱정은 안 해. 알아서 잘하겠지 하는 무조건적인 믿음이 생기거든.

늘 가정이 우선이 되는 삶을 살아가게. 서로가 그런 마음이 된다면 말하지 않아도 아름다운 가정이 될 거라 믿네. 서로가 부족해도 용서하고 이해하면서 살고 가족이라면 이해 못 할 것도 없고 용서가 안 되는 것도 없겠지. 말이 없어도 서로가 통할 수 있는 믿음으로 살갑게 지내보자.

아들 같은 사위, 난 좋은 아들을 만났으니 참으로 행복한 사람이야. 아프지 말고 늘 건강하게 잘 지냈으면 좋겠네.

사랑해! 우리 사위!

2019. 6. 27
우리 복덩이 사위에게 장모가

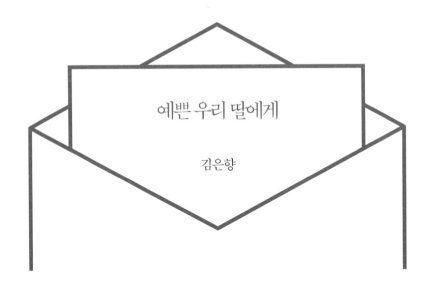

예쁜 우리 딸에게

김은향

　　한낮의 뙤약볕을 식히러 시원한 곳을 찾게 되는 이 더운 여름 날씨에 건강하게 잘 지내고 있는지 궁금하구나. 배가 불러서 많이 힘들 텐데 직장 생활 하면서 집안 살림까지 하느라 많이 힘들었지? 그래도 불평 없이 잘해내는 모습 보니까 대견하구나.

　　"내가 이렇게 힘든데 엄마는 더 많이 힘들었을 텐데 어떻게 견딜 수 있었어?"라고 물었을 때 "해야 하니까 하는 거야." 그렇게 대답은 했지만, 엄마는 너희들 키우고 치매 걸린 할머니 모시면서 직장 생활하느라 참 힘든 나날이었다. 그렇게 엄마라는 자리가 어렵고 힘든 자리란다.

　　항상 어린아이처럼 생각했는데 다음 달이면 짱아가 이 세상에 나오는 달이니 너도 엄마가 되는 날이 얼마 남지 않았구나. 몸이 무거워서 갈수록 불편할 텐데 걱정이구나. 오늘 휴직계를 내는 날이라 시원섭섭하다며 아쉬워하는 모습을 보니 마음이 편하지 않았다.

본인이 없으면 다른 사람들이 힘들다고 커피 쿠폰을 사서 일일이 손편지와 함께 직원들한테 돌리는 걸 보고 마음이 참 예쁘다는 생각을 했단다. 7년 동안 열심히 일해서 능력도 인정받고 곧 과장 승진도 될 텐데 육아휴직 때문에 그 꿈을 잠시 접어야 하니 마음이 편하지는 않았겠지.

그래도 짱아 키우는 게 우선이라며 마음을 다독이는 것을 보니 너도 엄마가 되어 간다고 생각했어. 엄마라는 행복한 직업에 만족할 줄 알고 최선을 다하는 것이 가장 즐거운 일이라 생각한다. 휴직 기간 동안 후회 없는 시간을 보냈으면 한다. 2년이라는 시간이 길다면 길고 짧다면 짧은 시간이야. 짱아와 좋은 시간 많이 보내렴. 다시 직장 생활을 하게 되면 좀 더 잘해 줄 걸 하고 후회를 하게 될지도 모르겠다. 엄마도 직장 생활을 하면서 너를 키우기에 바빠서 좋은 시간을 많이 갖지 못했던 게 아직까지 후회로 남는다.

인터넷을 보고 아기 용품을 하나씩 준비를 하고 있는 것을 보니 지금은 엄마가 되기 위한 준비 단계라고 생각을 한다. 짱아만 생각하는 시간일 수 있으니 행복한 시간이기도 하고. 넌 언제나 맏이답게 의젓하고 든든했단다. 엄마가 신경 쓰지 않도록 모든 것을 알아서 척척 해내더니 결혼해서도 지혜롭게 잘 사는 모습을 보니 너무 보기가 좋단다.

가끔씩 서울에 볼 일이 있어서 가면 엄마를 가만히 앉혀놓고 밥상을 차려주었지. 다음 달이면 산달이라 배가 불러서 힘이 들 텐데도 엄마가 주방 일을 못 하게 알아서 준비해 놓고 기다리곤 했었지. 미안한 마음도 있지만 불편할 때도 있단다.

뭐라도 해주고 싶은 게 부모 마음인데 언어만 먹고 오니 가시방석 같을 때도 있었다. 고추장 불고기라도 해서 맛있게 먹이고 싶은데 엄마가 주방에 들

39
김은향

어가면 싫어할 수도 있겠구나 하는 생각이 들자 그냥 주저앉고 말았지. 그만큼 네가 어른이 되었다는 얘기겠지.

순산해야 할 텐데 엄마처럼 힘들면 어떡하지? 하는 생각에 엄마는 벌써 걱정이 된단다. 고통의 시간을 보내야만 우리 짱아가 태어날 수 있으니 그동안 잘 먹고 건강 관리하렴.

민애야! 『아이만 낳으면 엄마가 되는 줄 알았다』라는 책을 한 권 사서 보낼 테니까 읽어 보렴.

"엄마가 된다는 건 죽을 때까지 오리에게 쪼이는 것이다. 그래도 중요한 사실은 언젠가 우리의 노력이 뿌리를 내리고 아름다운 결실을 맺는다는 점이다. 엄마가 된다는 것. 정말 멋진 여정이지 않은가?"

이런 내용이 나오는데 짱아와 함께 멋진 여정으로 걸어가는 지혜로운 엄마가 되기를 진심으로 바란다.

자식만 한 귀한 선물이 어디 있겠니? 아기를 가슴에 안고 기뻐하는 그 순간부터 너는 엄마라는 타이틀을 다는 거야. 그건 바로 책임과 의무겠지. 좋은 엄마가 되리라 믿는다. 신랑하고 짱아와 함께 늘 행복했으면 좋겠다. 부모가 바라는 것은 큰 게 아니고 아주 작은 것이란다.

조금씩 배려하면서 살았으면 좋겠어. 요즘 사람들은 살아가면서 모든 것이 내 생각이 옳다고 단정하는 경우가 많은 것 같아. 상대방의 눈으로 봤을 때는 부족하고 틀린 생각일 수도 있는데 말이야. 나중에 후회하는 경우가 생겨도 우기고 보자는 식이지. 우리는 상대방의 마음을 읽고 이해하는 사람들이 되자꾸나.

엄마 말이 길어지는 이유는 서로 사랑하는 마음으로 챙겨주고 다독여주면서 아름다운 가정을 꾸몄으면 하는 바람이란다. 남편 잘 챙기고 짱아 엄마로서 최선을 다해서 살았으면 좋겠다. 짱아를 무한한 사랑으로 키워서 그 아이가 자라서 남들한테 사랑을 줄줄 아는 예쁜 아이로 자랐으면 좋겠다.

늘 기도할게. 욕심이 있다면 어릴 때부터 신앙심을 길러주었으면 좋겠어. 종교를 가지고 믿음을 가지게 해 주는 것이 가장 큰 재산이 아닐까 생각한다. 온 가족이 기도 생활하면서 살 수 있는 시간이 빨리 왔으면 좋겠다. 엄마의 희망사항이란다.

건강 잘 챙기고 엄마가 된 후에 만나자. 사랑한다. 우리 딸!

2019. 6. 27
엄마가

나는요? | 김은향

우체국에 근무한 지 38년이 되었네요.

몇 년 뒤 퇴직을 하면, 하고 싶은 게 너무 많습니다. 그동안 미뤄뒀던 일을 하나씩 실천하며 살아가려고요. 사랑하는 사람들과 여행도 하고 요리를 배워서 맛있는 음식도 해보고 싶어요. 이웃들과 나누어 먹는 기쁨도 빼놓을 수 없겠지요. 하지만 지금은 주어진 현실에 만족하며 최선을 다하렵니다. 곧 외할머니가 된답니다.

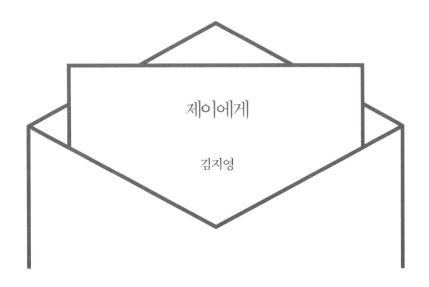

제이에게

김지영

제이, 눈을 감고 너의 이름을 부르며 지나간 기억을 떠올려본다.

너는 늘 수줍은 아이였고 남 앞에 나서는 것을 참 두려워했었지. 그런 까닭에 혼자 방안에 틀어박혀 책 읽는 것을 가장 좋아했었다. 부모님과 외할아버지, 여덟 남매들이 북적거리는 집에서 너만의 시간을 갖는 것은 참으로 힘든 일이었다. 학교에 다녀오면 산으로 나무를 하러 갔고 들로 나물을 캐러 다녔다. 동생들이 흘린 콧물을 닦아주면서도 더럽다는 생각이 들지 않았다. 교통사고로 다리 하나를 잃은 외할아버지는 방안에 앉아 봉창 문을 열고 수시로 너의 이름을 불렀다. 물 떠와라, 먹 갈아라, 화로의 재를 비워라, 막걸리 받아와라, 외할아버지를 생각하니 47년이 지난 지금도 어제처럼 뚜렷하게 그때 일이 생각난다. 방안에 앉아서 생활하셨어도 몸에 군살 하나 붙지 않으셨다. 숱이 많은 검은 눈썹과 오똑한 콧날에 흰 피부를 가진 외할아버지의 얼굴은 어딘지 모르게 쓸쓸함이 깃들어 있었다. 너는 국민학교 저학년 때부터 나무로 불을 때 가족의 밥을 짓곤 했었다.

너는 참으로 감상적인 아이였다. 연둣빛 감잎 사이로 떨어지는 햇살을 바라보는 것을 좋아했다. 뒤란 대나무 밭에서 들려오는 바람 소리에 귀를 기울이곤 했다. 햇살이 달구어놓은 툇마루에 누워 흘러가는 구름을 바라보는 것을 좋아했다.

너의 어머니는 참으로 검소했다. 그래서 너는 어린 시절 변변한 옷 한 벌 가진 적이 없었다. 사촌 언니가 입다 물려준 옷들을 입곤 했다. 사촌 언니는 오남매의 막내로 너와는 세 살 터울이었지만 너와 사뭇 다르게 자랐다. 중학교 하복 사건은 지금도 너의 마음을 아프게 한다. 친구들은 옥양목 하얀 천으로 하복 블라우스를 장만했는데 어머니는 이웃집의 밭일을 해주고 그 집 며느리에게 내 하복 블라우스를 맡기셨다. 누리끼리한 무명천으로 만든 하복 블라우스는 나의 자존심을 한없이 깎아내렸다. 너의 반항은 밥 굶는 것이었고 얼굴에 허연 버짐이 피곤했었다. 생선이나 고기를 먹으면 어김없이 두드러기 솟아올랐다. 너는 키가 자라지 않았다. 입안뿐 아니라 목구멍까지 헐었다. 여러 가지 약을 써 봐도 입안의 구멍들은 커지기만 했다. 그렇게 여러 해를 고생했다. 아버지는 큰 병원으로 가봐야겠다며 광주의 기독병원 이비인후과로 너를 데려갔다. 의사가 하던 말이 지금도 귓가에 생생하다.

"혹시 의붓어머니랑 같이 사나요?"

아버지는 의아한 눈으로 의사를 쳐다보았다. 진찰을 마치고 병원을 나오면서 아버지가 내게 한 마디 하셨다. 가시나가 성질이 못돼 어디에 쓰냐고 하시며 잰걸음으로 앞서가셨다. 지금 생각해봐도 이비인후과 의사가 할 말은 아닌 것 같다. 며칠씩 음식을 목구멍으로 넘기지 못할 때면 가족이 너의 몸을 붙잡았고 개고기의 기름덩어리를 꼬챙이에 둘둘 말아 끓은 국에 넣었다가 아픈 부위를 지지곤 했었다. 입안의 구멍들은 참으로 너를 괴롭혔다. 결혼 전 너는 39킬로까지 몸무게가 줄었다. 남편과 데이트를 할 때도 설렁탕을 주로 먹었다. 고춧가루가 들어가지 않아서 그나마 목구멍으로 넘길 수 있는 음식이었다. 남편에게 설렁탕을 무지 좋아하는 사람이라는 오해까지 받았다.

결혼 후에도 입병으로 시달렸다. 종합병원에 갔고 진찰결과는 불치병인 베체트병이라는 것이다. 목구멍뿐 아니라 병이 진행되면 눈 속이 헐면서 앞을 못 보게 될 수도 있다는 것이다. 사형선고를 받은 것처럼 무서웠다. 남편의 권유로 한의사를 만났다. 그분은 심장의 열이 입안에 병이 된 것이라며 고칠 수 있다고 했다. 그렇게 한약을 몇 달 먹었고, 어느 날 입안과 목구멍의 구멍들이 사라졌다. 지금은 아무 음식이나 가리지 않으며 몸에 살이 붙고 다시는 입병에 시달리는 일도 없다. 살아오면서 정말 잊을 수 없는 분이 그 한의사다.

두 해 전 죽기 전에 꼭 하고 싶은 대학공부를 마쳤다. 20대 아이들과 4년이란 시간을 부대끼면서 대학생이 되어 느끼고 싶었던 낭만 같은 것은 없었다. 어떤 때는 젊은 아이의 한 자리를 차지한 것 같아서 미안한 마음이 들기도 했고, 조별과제를 할 때는 조금 외로운 마음이 들기도 했다. 졸업하던 날 젊은 교수가 다가와 참으로 고생 많으셨다고 위로의 말을 해주었고 그동안의 일들이 주마등처럼 스치면서 만감이 교차했다. 눈물이 핑 돌았다.

지나간 날을 돌아보면 후회스러운 것들이 많다. 어떤 순간에 해야 할 말들을 안 하고 늘 참아왔다는 것이다. 친정에서도 큰 자식이라는 자리 때문에 늘 양보만 해왔고 지금 있는 자리에서도 마찬가지다. 하지만 앞으로도 너는 지금처럼 살 것 같다. 너는 마찰보다는 평화를 원하기 때문이다.

산다는 것은 평생 배운다는 것과 같았다. 배운다는 것은 어떤 제도 속의 교육을 뜻하기도 하지만 모든 이들을 통해 배우며 사는 것이었다. 매초, 매분, 매시 곁을 지나가는 시간, 떠오르는 태양, 스치는 바람, 꽃들과 풀, 가족과 이웃, 누군가가 던진 말 한 마디, 온갖 것들이 스승이었다. 그것을 알기까지 너는 수없이 부서지고 다시 추스르기를 반복했다.

제이, 이십 년 후의 너의 모습은 어떨까?

그때까지 죽지 않고 살아 있다면, 지금 91세인 울 엄마의 모습을 닮아있으리라. 얼굴에 자글자글한 주름과 처진 눈꼬리, 안으로 약간 굽은 다리, 베란다 가득 화분에 꽃을 키우고 어항에 물고기를 기르며 거실 바닥에 떨어진 머리카락을 줍고 있을지도 모른다.

제이, 너는 새벽에 일어나 교회로 가 새벽예배를 드릴 것이다. 아는 얼굴들을 떠올리며 그들을 위해 기도할 것이다. 틈틈이 책을 읽고 시를 쓸 것이다. 엘가의 첼로협주곡, 드보르작, 생상의 연주를 들으며 낮잠에 빠질 것이다.

제이, 2039년 그때 다시 만나 안녕!

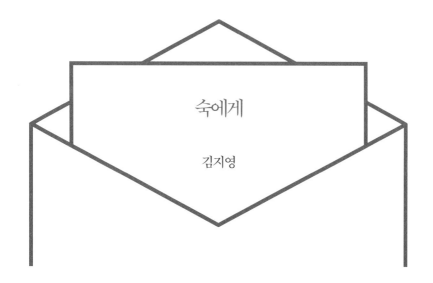

숙에게

김지영

숙아 잘 지내니?

나는 오늘도 새벽에 일어났다. 창 너머 공원의 한가운데 서 있는 느티나무를 향해 사랑한다고 고백했다. 이곳으로 이사 오고 나서 나의 일상이 되었단다. 수령이 얼마나 되었는지 나무의 품은 참으로 넓고 깊단다. 마치 어느 깊은 산속에 앉아 있는 것 같은 착각에 빠지곤 한다.

도로에서 차들이 질주하는 소리가 들린다. 아직 어둠이 걷히지 않은 길을 누군가가 달려간다. 우리가 걸어왔던 삶의 길도 달리는 차들처럼 그렇게 숨 가쁘게 지나온 것 같다.

숙아! 너와 나는 한동네에서 태어나 자랐고 바늘과 실처럼 같이 붙어 다니곤 했었지. 지금 생각해 봐도 너랑은 다툰 기억이 없다. 너와 내가 그런 사이로 지낼 수 있었던 것은 너의 넓은 마음 때문이었을 것이다. 너는 어렸지만 말을 함부로 하지 않았고 좀처럼 화를 내지도 않았다. 우리 집은 가족이 많아 내 방이 없었지만 너는 언니와 둘이 방을 쓰고 있어서 너의 집으로 잠을 자러 가는 날이 많았다. 너의 언니도 그랬고 너도 그랬고 한 번도 날 귀찮아하지 않았으며 너의 옆자리에 나의 잠자리를 내어주곤 했다. 그러던 어느 겨울밤 나는 솜 이부자리에 오줌을 싸고 말았다. 너무 황당하고 부끄러워 말도 못하고 집으로 와 버렸다. 그때는 세탁기가 있는 것도 아니고 빨래를 하려면 얼음을 깨고 냇가에서 빨래를 하던 때였다. 하지만 너의 언니도 너도 그것에 대해 내게 말한 적이 없었다. 너의 어머니는 항상 웃는 얼굴로 조곤조곤 말씀하셨지. 항상 사람의 기분을 좋게 하셨던 분, 어머니의 동그랗고 인자한 얼굴이 떠오른다. 지금 너의 어머니가 살아 계신다면 얼마나 좋을까. 맛있는 음식도 대접해드리고 그때 정말 고마웠다고 고백하고 싶은데 오래전 하늘나라에 가셨으니 마음뿐이구나.

숙아, 너에게 꼭 사과 하고 싶은 말이 있다. 마흔 살에 갑작스럽게 남편을 떠나보낸 너를 만나서 내가 했던 말이 "너 시집가지 말고 자식들 잘 키워라였지."

정말 미안해! 나는 그때 너무 철이 없었다. 지금껏 혼자 사는 너를 보고 있으면 그때 했던 말이 생각나 너무나 미안하단다. 두 아들을 훌륭하게 키워 결혼시킨 너의 노고에 박수를 보낸다. 아들의 결혼식장에서 본 너의 모습은 아직도 너무 젊고 예뻤다.

숙아, 너는 어머니로서의 모든 일을 잘 마쳤다. 이제라도 너의 새로운 인생을 시작하기 바란다.

숙아, 올해가 가기 전에 고향에 한번 같이 가보자. 너랑 뛰놀던 골목길을 걸어보고 싶다. 우수수 떨어지는 감꽃으로 꽃목걸이도 만들어 너의 목에 걸어주고 싶다. 토끼풀이 만발한 언덕에 누워 흘러가는 구름을 바라보고 싶다. 너랑 같이 잠을 잤던 방안에 누워 보고 싶다. 장독대 옆에 피어있는 봉숭아꽃을 따다 손톱에 꽃물을 들이고 싶다. 안산에 올라 고사리를 꺾고 싶다. 아카시아가 만발한 냇가의 그늘에 앉아 강물에 흘러가는 꽃잎을 바라보며 낚시를 하고 싶다. 파란 보리밭 고랑에 누워 너랑 옛날 얘기를 나누고 싶다. 마을 앞으로 흐르던 두 개의 강가 흰 모래톱에 옷을 벗어놓고 물장구를 쳐보자.

눈을 감으면 어제의 일처럼 그날의 기억들이 선명하다.

숙아, 국민학교 2학년 때 여름의 비극도 생각나지? K의 죽음을 눈앞에서 목격한 나는 몇십 년이 흘렀지만 K의 모습은 아직도 2학년의 앳된 소년으로 머물러 있단다. 고향에 갈 때마다 마을 앞의 다리 위를 건널 때면 K가 생각난다.

숙아, 우리의 어린 시절은 비록 가난하여 입고 먹는 것이 풍족하진 않았지만 결코 불행하지 않았다. 아득한 신작로 길을 내다보며 미지의 세계로 나아가고 싶었던 어린 시절 우리들의 마음은 세상의 어떤 먼지도 묻지 않았었지. 세상에 살면서 마모되고 닳아졌지만 우리가 어린 시절 품었던 것들은 항상 마음속에 고여 있다.

숙아, 나의 사랑하는 친구야! 아들 둘을 결혼시키고도 생활전선에서 일하는 너를 보고 있으면 나의 모습이 한없이 작아진다. 너에게 일을 그만하라고 말하지는 않겠다. 태어나 지금껏 그래왔듯 너와 내가 살아있는 한 우리의 우정은 변치 않고 이어질 것이다.

숙아, 오늘 저녁에 식탁에 올릴 국으로 네가 보낸 준 된장을 풀어 아욱국을 끓였다. 입속에 퍼지는 구수한 된장 냄새가 나의 몸을 깨우고 오감을 만족하게 했다. 남편이 된장국을 먹으며 맛있다고 감탄하더라. 우리 가족은 된장국만큼이나 구수한 대화를 나누며 행복한 저녁 식탁 앞에 앉아 있었단다. 너에게 고마움을 전한다.

숙아, 어디에 있든 몸 잘 챙기고 늘 건강하기를 기도한다. 너는 내 인생의 페이지에 하나의 주제라는 것을 말해주고 싶다.

친구야, 사랑해!

나는요? | 김지영

전라남도 강진에서 태어났으며 광진구 중곡1동에 거주하고 있습니다. 1996년 전국마로니에 여성백일장에서 장원, 1999년 예술세계에서 신인상으로 등단. 2016년 시문학 시조신인상, 한국문학드라마신인상, 국민일보 신앙시 신춘문예 밀알상 수상.
시집『내안의 길』『태양』, 수필집『시간의 나이아스』를 펴냈습니다.
한국문협, 광진문협, 모란촌, 전국 어머니 편지쓰기모임, 시문학회원으로 활동하고 있습니다.

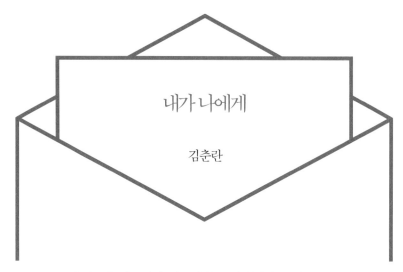

내가 나에게

김춘란

春蘭! 봄 난초처럼 청순하라고, 한학자셨던 네 아버지께서 지어 준 이름이다. 너는 보수적 집안의 맏딸이었지. 초등교육도 집에서 마칠 만큼 완고하셨다. 너는 바느질하는 엄마 옆에서 헝겊 조각으로 무엇이든 잘 만들었지. 네 엄마는 좋아하지 않았어. 속설 때문이었겠지. 그 때문이었을까. 너는 그 땜을 톡톡히 했지.

동생들 옷도 예쁘게 해 입혀서 소문이 났지. 신붓감으로도 소문이 났던 모양이야. 자찬이겠지만, 너는 가방끈 짧은 것 빼고는 좋은 신붓감이었지. 개명한 집 총각 대학생이 네 신랑이 됐지. 공부하는 신랑 뒷바라지를 하면서 너는 행복했다지? 말이 없고 무덤덤한 신랑이 좋았다니, 그 속도 모르고…. 네 신랑에게는 숨겨놓은 애인이 있었지. 청천벽력이었지.

소박맞고 온 너를 네 부모님은 송사도 불사하고 재취 자리를 찾았어. 아이 넷에 상처한 홀아비. 건강하고 성실한 심덕 하나 믿고 불구덩이를 자처했으니 모두 혀를 끌끌 찼지. 그 사남매가 안쓰러워 있는 솜씨로 다 해 먹이고 입히고 낳은 엄마 정을 다 쏟았지. 네게 의지한 네 명의 아이가 네 자식 아니라는 생각은 들지 않았다고 했지.

지성이면 감천이었구나. 네가 낳은 두 딸까지 육남매는 티 없이 잘 자라서 넉넉하지 않은 살림도 문제될 것 없었다니….

달리는 말에 채찍질한다고 너는 타고난 솜씨로 가계 보탬이 되려고 시작한 삯바느질이 직업이 되다시피 했을 때 육남매의 학업이나 결혼에도 큰 도움이 되었지. 영감님이 몸져누워 10년이 넘는 중에도 어떤 모임이나 행사에도 나가지 않고 간병을 했었지. 짓궂은 친구는 너를 열녀라고 놀렸지. 영감님 운명하며 육남매에게 다짐한 말이 네 걱정이었지. 연금은 물론 집까지 네 앞으로 옮겨 놓고 엄마 잘 모시라는 말에 모두 그 뜻에 따른 것이 요즘 세상에 보기 드문 일이다.

그런데 蘭아! 이제 그만 하렴. 모임에도 나가고 여행도 하고 맛있는 것도 먹고…. 육남매, 손주 12명, 너 데리고 외식하는 것까지만 하고…. 만들기는 멈추지 않고 즐겁기만 하다니 참 이상하다. 틈틈이 글을 써 보내면 뽑혀서 상품 받는 재미도 쏠쏠하겠다만 편지마을 단행본 원고나 쓰렴. 녹동회도 나가고…. 공은 닦은 대로, 죄는 지은 대로 간다지. 네가 누리는 복이 공짜가 아니어서 네가 더욱 예쁘다. 그래도 친구도 만나고 즐기며 살아라.

한여름날 선풍기 앞에서
내 마음이 나에게

나는요? | 김춘란

나는요? 육남매의 사랑 속에 빠져 삽니다. 우여곡절의 화가 오히려 복이 되었다 생각합니다. 여든이 넘은 나이에도 작품을 만듭니다. 나누어 주는 것이 즐겁습니다. 좋아하는 모습이 보이시죠? 짓궂은 친구의 농. 나는 열녀가 맞습니다.

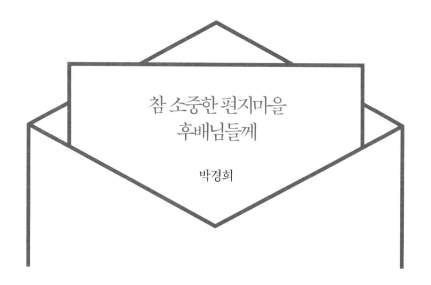

참 소중한 편지마을
후배님들께

박경희

　　원고 청탁서를 받던 날 전국의 편지마을 회원님들 생각이 먼저 떠올라 이렇게 편지를 쓰고 있어요. 세월은 참 빨라 오월도 저만치 가고 있네요. 아파트 공원에 철쭉이 한껏 뽐내며 자기가 제일인 양 활짝 웃고 있어요. 한가로이 벤치에 앉아 이름 모를 새들이 재잘대는 소리에 귀를 기울여요. 맞은편 쪽의 중년쯤 되어 보이는 한 여인이 책을 보는 모습에 문득 내 오십 대가 생각났습니다.

　1989년 3월, 〈남북의 창〉이 첫 방송을 시작했고 편지마을은 10월에 창립을 했으니 그때의 기억이 어제의 일처럼 생생합니다. 인터넷은 빠르고 편리하기는 해도 인간의 향기까지는 복제할 수가 없죠. 손편지는 그래서 우리 회원 간의 훈훈한 정과 정서가 깃든 역사를 이룬 것이라 생각되네요.

　모임 날이면 새벽 3시에 일어나 김밥을 싸던 생각, 한옥마을에서 정을 나누며 서로 편지글을 써 와 읽어 보던 생각, 인사동에서 점심 먹으며 황금찬

시인님, 서정범 교수님, 박광정 수필가님 훌륭하신 선생님의 강의를 듣던 생각, 중앙 우체국에서 회의하던 생각들, 이 모든 게 주마등처럼 스쳐 가네요.

평생 함께하실 줄만 알았는데 안타깝게도 그분들은 저세상으로 가시고 말았네요. 지금은 사진으로만 남았어요. 돌이켜 생각해 보니 그때는 회원들을 동년배로 생각했는데 나이가 20여 년이나 차이가 나 딸과 엄마 사이인 것 같아요. 그렇게 철이 없었나 생각되네요.

한 후배는 녹동회 선배님들은 다~ 우리 엄마며, 또는 90세까지 건강하시어 한번 또 책을 내시라고…. 한 후배는 선배님이 울 엄마 같아서 돌아가시면 어쩌나 했는데 내가 몹시 아파 먼저 죽을 것 같았을 때 응급실에서 염라대왕께 부탁해 길을 닦아놓고 편히 오시게 하고 내 옆에 방 하나 더 마련해 같이 살게 해달라 기도했다고! 그런데 안 죽고 살아났다고, 그 말을 들을 때 감동의 뜨거운 눈물이 줄줄 흘렀어요. 나이가 많아 선배지 선배님 소리 들을 때마다 부끄럽기만 해요. 편지마을이 아니고서는 이런 후배님들이 어디 있겠어요?

30년 세월이 결코 짧지는 않지요. 긴 세월 동안 그때의 기억은 지금까지도 추억과 정으로 차곡차곡 쌓여 남아 있어요. 기쁠 때 힘들 때 같이 기뻐해 주고 위로해 주곤 했지요. 또한 위로는 부모님, 아래로 남편, 자식들 섬기며 철따라 김장 담그고 장 담그고 글 쓰랴 직장생활까지 하면서 열심히 가정주부로서의 모범 주부들이기에 더더욱 기특하고 자랑스럽죠. 30주년 서간집 출간을 자축하면서 앞으로 40~50주년 이어지기를 바랍니다.

화창한 봄날에 편지마을 후배님들이 오늘따라 더 보고 싶고 더 궁금하네요.

후배님들 항상 건강하시기를 바라며 모두 모두에게 정을 꾹꾹 눌러 보냅니다.

　행사 잔치에 꼭 참석해 그리운 얼굴을 만나야 할 텐데….

　기도하고 있어요. 두서없이 쓴 글, 이만 펜을 놓겠습니다.

　후배님들 사랑해요!

2019년 5월 15일
용인에서 선배가 띄웁니다

나는요? | 박경희

1939년 서울 출생.

편지마을엔 1989년, 51세에 창립 멤버가 됐습니다.

2003년 『코스모스를 좋아하는 여자』 글 모음집을 냈고요. 2018년 10월, 15년 만에 『엄마, 코스모스꽃이 웃고 있어요』를 냈습니다. 정신이 흐려지지 않는 한 글을 쓸 것이며 경기도 용인에 살고 있어요.

희망사항이 있다면 후배님들과 함께 버스킹(거리공연) 시 낭송을 하고 싶습니다.

외삼촌, 새해가 밝았습니다

박귀순

안녕하셨습니까, 외삼촌!

황금돼지의 새해가 밝은 지도 벌써 한 달이 지났습니다.

외삼촌 메일을 받고 엄마와 이모가 생각나서 좀 울컥했습니다. 부모 자식 간에도, 동기간에도 유난히 아픈 손가락은 누구에게나 있는 것 같습니다. 외삼촌께는 두 분의 누님이 늘 아픈 손가락이셨겠지요.

어린 시절 부모님의 불화를 매일 보면서 원래 부부는 저렇게 싸우면서 사는 것인 줄로만 알고 자랐습니다. 세월이 흘러 제가 가정을 가지고 보니 부모님은 맞지 않은 인연으로 어쩔 수 없이 살았던 것은 아닐까 하는 생각이 들었습니다. 엄마는 자란 환경이 전혀 다른 아버지가 성에 차지 않았을 것이고 아버지는 그런 엄마에게서 모멸감을 느꼈을 수도 있었겠지요. 저도 언니를 힘들게 하는 형부가 미울 때가 참 많습니다. 어떨 땐 조카들에게까지 그 섭섭

한 마음이 들어서 그러지 말자고 스스로를 다독이곤 합니다.

 저는 외삼촌과의 어린 시절 기억이 거의 없었는데, "아무것도 걱정하지 말고 오거라."라고 하신 말씀에서 조용조용한 말투와 깔끔한 외모로 신사의 품격을 풍기셨던 것이 떠올랐습니다. 외삼촌, 외숙모 두 분의 연세도 있으신데 저희가 폐를 끼쳐야 하는 것이 마음에 걸리긴 하지만 이런 기회가 언제 또 올까 싶은 생각을 하니 실천에 옮길 수 있는 용기가 생깁니다. 말씀대로 보스턴 직항으로 하거나 외삼촌댁에서 조금이라도 가까운 MHT공항으로 하자고 하니 벌써 티켓을 끊었는데 그대로 진행하자는 의견이 많아 샌프란시스코를 경유하기로 하였습니다.

 전자항공권이 나와서 같이 보내 드려요. 보스턴 도착이 7월 29일 오후 7시 28분입니다. 가보고 싶은 곳이 있으면 말하라고 하셨는데 솔직히 몰라서 말씀을 못 드리겠어요. 인터넷 검색을 하니 뉴햄프셔주 호수지대의 호수 중 가장 큰 것이 위니피사우키호라는 것, 호수에서 크루즈를 타고 선상 여행을 할 수 있다는 것, 호수 주변의 마을 중에서 위어스 비치의 보드워크와 워터슬라이드, 울프버러의 웅장한 주택과 크로케 클럽, 메러디스의 미술관과 부티크, 래코니아의 앤티크센터를 놓치지 말라고 하고 날씨가 좋을 때는 룬 보존센터 & 마커스 야생동물 보호구역을 추천하기도 하네요.

 호수지대 경관 도로가 150km라는 글을 읽고 역시 미국의 땅덩어리는 거대하구나 하고 감탄합니다. 제가 주말마다 한 시간 반을 달려 상주 시댁에 가는 거리 126km를 꽤 먼 거리라 생각하며 다녔거든요.

 이번 여름의 외삼촌 댁 방문에 특히나 미순이 언니가 가장 설레하는데요.

어린 시절 외삼촌들이 키우다시피하며 예뻐해 주셨던 기억이 어제인 듯 생생하다고 합니다. 한국 나이로 환갑을 훌쩍 넘긴 언니가 외삼촌을 만나면 어리광을 부릴지도 모르겠어요. 기대됩니다. 지구의 반 바퀴를 돌아 난생처음으로 가보는 곳, 외삼촌이 계시지 않았다면 꿈도 못 꾸는 일이라 생각하니 벌써부터 가슴이 두근거리네요. 아무래도 오늘 밤은 잠을 설칠 것 같습니다.

오늘은 여기까지 쓰겠습니다. 안녕히 계십시오.

2019. 2. 7.
귀순 올림

외삼촌, 햇살이 따사롭습니다

박귀순

　　이곳은 따사로운 햇살을 받고 벚꽃, 개나리, 산수유, 목련들이 앞다투어 꽃망울을 터트리고 있어요. 사람들 옷차림도 가벼워지고 앞산엔 진달래가 피는지 울긋불긋합니다. 완연한 봄입니다.

　　동봉하는 사진은 지난달 중순 즈음하여 정옥이 집에서 만나 넷이 함께 식사를 하고 출판단지 내에 있는 지혜의 숲이라는 곳에서 찍은 사진입니다. 어렸을 때 같이 숙제도 하고 놀기도 했던 추억들을 떠올리며 그동안 소식 모르고 살았던 세월의 틈새를 메꾸어 나갔습니다. 엄마 이야기, 이모 이야기에 눈물을 찔끔거리다가 어느 순간에 또 박장대소를 하며 어색함을 밀어냈습니다. 귀옥이 정옥이 얼굴에는 이모 모습이 있고 언니와 제 얼굴에는 엄마 모습이 있네요.

　　외삼촌께는 좀 갑작스러운 소리일 수도 있는데 지난달 삼월 마지막 주 토요일에 엄마, 아버지를 이장하였습니다. 송서방(제 신랑)이 역학에 관심이 많고 집안 어른들로부터 이어받은 학습으로 풍수에 대해 좀 아는 편입니다. 그런 연유로 결혼 초 엄마, 아버지 산소에 성묘를 다녀와서 줄곧 이장 이야기를 했었습니다. 하지만 그때의 저는 뭘 너무 몰랐고 솔직히 믿음도 가지 않아 귀기울여 듣지 않았습니다. 그런데 이제 저도 나이가 들고 보니 삼십 년이라는 세월 동안을 저렇게 꾸준히 주장한다면 정말 뭔가 확실한 신념이 있기 때문이 아닐까 하는 생각이 들기 시작했습니다. 하지만 제 마음이 열리기까지도 이렇게나 많은 시간이 흘러야 했는데 동생이나 언니들의 생각에 동의를 구하려니 자신이 없었습니다. 예상했던 대로 선뜻 그러자고 하는 사람은 없었고 시간이 지나 조금씩 이해의 폭을 넓혀 수긍해주는 언니들의 의견에 힘을 얻어 이번에 이장을 할 수 있었습니다. 하지만 동생은 아직도 우리와는 생각이 달라서 제가 조금 속이 상하긴 합니다.

엄마, 아버지는 그동안 천주교재단에서 운영하는 공동묘원에 있었던 터라 이번에 교구청에 가서 개장허가를 받아 상주로 모셨습니다. 아버지 고향으로부터도 그리 멀지 않고 송서방이 예전부터 봐 두었던 양지바른 땅을 흔쾌히 내놓아서 행정절차는 순조롭게 진행되었습니다.

성묘만 가면 송서방이 늘 하던 말이, "산소에 물이 들면 좋지 않고 나무가 근처에 있으면 베어내야 한다."였습니다. 그렇지만 묘원 제일 꼭대기에 위치한 산소였고 누가 봐도 물이 고일 수 없는 비탈이었기에 그 말을 귓등으로도 듣지 않고 흘려버렸습니다. 그런데 막상 개장하여 뻘 같은 진흙 속에서 나무뿌리에 이리저리 감겨있는 두 분을 보니 가슴이 꽉 막혔습니다. 내가 참으로 무지하고 무심했구나….

눈앞에 보이는 것이 다가 아닌데 그걸 깨닫는 데 이렇게나 많은 시간을 속절없이 흘려보냈구나….

칠성판에 두 분을 모시고 한 시간여를 달려 상주에 도착하니 축복처럼 함박눈이 내리기 시작했습니다. 3월 말에 함박눈이라니 정말 눈으로 보면서도 믿기지 않았습니다. 비가 이렇게 온다면 일을 할 수 없을 텐데 눈이라서 다행이라는 일꾼들의 머리 위로 뗏장을 다 입히도록 눈은 계속 내렸습니다. 그렇게 이장을 무사히 마치고 더욱 거세진 눈발을 어깨 위로 고스란히 받으면서 발이 푹푹 빠지는 산길을 내려오는데 마음이 너무나 편안하고 기분이 그렇게 좋을 수가 없었습니다.

엄마 이야기에는 외삼촌께서 늘 마음 아파하셔서 이장 이야기를 할까 말까 고민하다가 엄마도 옮긴 자리를 마음에 들어 할 것이라는 확신이 들어서 말씀드렸습니다.

언제나 편안하고 행복한 날들 보내시길 바라며 또 연락드리겠습니다.

2019. 4. 2.
귀순 올림

나는요? | 박귀순

1962년 출생해서 지금은 대구에 살지만 3년 뒤 퇴직을 하면 문장대 바로 아래 초가삼간(?)으로 갈 생각에 하루하루가 즐거운 사람입니다. 뒷산의 바람소리, 도랑의 물소리, 햇살 속 새소리를 좋아하는 천생이 시골 아줌마거든요. 편지마을을 무척 좋아하면서도 활동은 제대로 하지 않아 자를까 말까 운영진에서 고민하는 머리 아픈 아줌마이기도 하지요.

서른 살, 편지마을에서 띄웁니다

하늘나라 당신에게

박병숙

잘 지내시는지요? 어떠셔요? 그곳은!

복잡하지도 힘들지도 않게 살고 계시나요?

7월이 오면, 은하의 강 너머에서 당신이 기다리고 서 있을 것만 같아서 부질없지만 그 전설에 기대봅니다.

내 생일이 칠월칠석인 것 잊지 않으셨는지요? 내가 태어났을 때 여자가 너무 센 날 태어나서 엄마는 속으로 걱정을 했더랍니다. 엄마의 걱정이 기우가 아니었는지, 우리가 헤어졌을 때는 모두 내 탓이라 여겼습니다.

아니었으면 좋았을 일, 미워서도, 싫어서도, 아니면서 떠나보내야 했던 일. 당신의 꿈을 찾아가는 약속의 땅이라 생각했습니다. 그리고 기다렸습니다. 돌이 되지 않을 망부(亡夫)의 노래를 불렀습니다. 먼 길 돌아돌아 피폐한 몸으로 돌아왔을 때 원망하지 않았습니다. 고맙고 반가웠습니다.

유복했던 가정, 우리 커플은 멋졌습니다. 영원했으면 이런 겸손도 없이 자만에 빠져 교만했을 거라 생각합니다. 간병을 하면서도 힘에 부쳐도 힘들지 않았던 것은 많은 것을 알고 났기 때문이었습니다. 아프지 않고 살 수 있다면…. 내 몸을 내가 추스르기 힘들 때 산다는 것이 구차해 집니다.

옛날 내가 불렀던 망부의 노래! 이제 당신이 오작교를 바라보며 불러 줄 망부(亡婦)의 노래를 기다립니다.

칠월칠석을 기다리며
당신의 병숙이가 씁니다.

나는요? | 박병숙

주민센터 한글반 수강생 수업 때 보았습니다. 클 때 복이 개[犬]복이란 말에 실소합니다. 늦복은 탄 것 같습니다. 차림새며 표정에서 느꼈습니다. 초년복을 가불해 써버려서인지 두 아들에게 미안한 마음을 간직하고 삽니다.

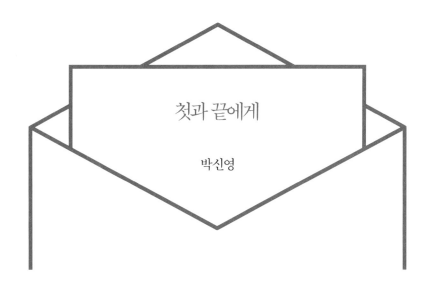

첫과 끝에게

박신영

정채봉 님의 「첫 마음」을 읽으면 '첫'이라는 의미가 곡진하기 이를 데 없다. 나의 무수한 '첫'. 세상에 태어나면서 만난 사람과, 자연과 우주. 아직도 나의 '첫'은 진행형이다.

한 번 만나고 그것으로 끝인 것도 있고 계속 이어지는 인연도 있다. 그것이 사람이든 자연이든 우주의 어떤 것이어도 첫은 끝을 향해 가고 있는 것이 분명하다.

몇 해 전, 태안 기지포해안을 갔다가 솔숲에서 본 소나무 씨앗이 싹을 틔워 융단을 깔아 놓은 듯 신비한 초록 물결이 바람에 일렁이는 풍경은 지금도 눈에 선하다. 코끝에 와 닿는 솔향기는 오감을 자극하여 일상의 고단함이 한꺼번에 사라지고 복잡한 머릿속 생각을 싹 씻어 주었다. 은빛으로 빛나는 해안 모랫길을 맨발로 걸어보는 느낌은 아기의 보드라운 손길 같았다. 풍경의 첫 느낌이 이렇게 감동적인 일은 살면서 그리 흔한 일이 아니다.

　어느 해 가을 무렵이었던가, 강원도 인제군 원대리 자작나무 숲을 갔을 때의 추억도 특별했다. 임도를 4km 정도 올라가야 만날 수 있는 숲에 들었을 때 나무를 만져보고 끌어안아 보고 기대어 서서 카메라 셔터도 정신없이 눌러댔던 기억이 새롭다. 하얀 수피를 두른 자작나무 숲은 햇살이 들 때 더 눈이 부시고, 바람에 나뭇잎이 흔들리는 소리를 들을 때는 저절로 탄성이 나왔다.
　'세상에! 세상에!'를 연발하며 세상에 이런 황홀한 숲에 들다니….

<blockquote>
바람이 숲을 지날 때

자꾸만 파도 소리가 들렸다

그때마다 움찔 놀라며

바다에 빠져 죽고도

산에 묻힌 그를 떠올렸다

온 산에 단풍잎 불

저 불길 잡으려고

그가, 틀림없이 그가

파도를 몰고 와서는

산속을 휘젓고 있는 거라고

스님께 알렸다

나무아미타불……

저것 좀 보라고
</blockquote>

이파리 떨어진 나무

등걸마다 허연 소금 꽃을 보라고

　　　　　　　- 백종임, 「자작나무 숲」 전문

　어떤 시도 내가 본 인제 원대리 자작나무 숲을 담아내진 못했다고 카스토리에 올린 적이 있다. 사계가 다 아름답다 하여 그러고도 몇 번을 더 자작나무 숲을 찾았다. 체력이 되어야 갈 수 있는 곳이기도 하지만 임도가 완만하여 시간만 넉넉히 잡으면 천천히 걸어 올라갈 수 있는 곳이라 지난달에도 지인 부부를 안내하느라 자작나무 숲을 다녀왔다.

　여름 숲의 또 다른 느낌, 초록의 나뭇잎과 하얀 수피의 나무들의 조화는 또 다른 황홀한 풍경을 연출했다. 갈 때마다 다른 모습을 보여주는 숲! 겨울 숲은 아직 가 보지 못했다. 그러나 기회가 되면 또 갈 수 있으리라. 이 숲에 들기 위해 관광객은 물론이고 사진가들이 계절 가리지 않고 출사 장소로도 손꼽히는 장소라고 한다. 나무가 주는 휴식과 편안함이 나로 하여금 숲을 찾아다니게 된 계기가 되었다.

　언젠가 명리학을 공부했다는 사람이 나의 사주를 풀어 보더니 나의 사주 팔자에는 나무 '木'이 많아 나무에 관한 사업이나 물에 관한 사업을 하면 번성한다는 말을 들은 적이 있다.

　믿거나 말거나지만 생각해 보니 숲으로의 여행을 자주 다니게 된 것도 이 때문인가. 점점 체력이 달려 높은 산에는 못 가지만 가까운 휴양림은 거의 손에 꿰고 있는 셈이다. 계절 따라 바뀌는 숲의 풍경은 심신의 안정감을 주기도

하고 새로운 첫 것들과의 만남이 무엇보다 설렌다.

성격 탓이기도 하겠지만 연륜이 더 할수록 고요하고 여여한 것들에 마음이 쏠린다. 복잡하고 시끄럽고 스피드를 요하는 현실을 좇아가지 못하고 이미 뒤처지는 낡음을 인정해야 한다는 뜻이기도 하겠지만 함묵하며 조용히 생각에 잠기는 행복을 즐기고 싶은 것일 수도 있다.

삶이라는 것을 풀어서 쓰면 사람이라고 누가 말했던가! 첫 만남이 주는 신선함도 있지만 무례하여 다시는 만나고 싶지 않은 사람도 있다. 여럿이 함께는 만나도 단둘이 만나면 부담스러운 사람도 있고 꼭 다시 만나고 싶어도 만날 수 없는, 첫 만남이 끝이 되는 인연도 있다. 그것이 의도적일 수도 있고 불가항력일 수도 있다.

맛있는 음식을 먹다가 생각나는 사람, 조용히 혼자일 때 생각나는 사람, 정신없이 바쁘게 살다가 문득 안부가 그리운 사람, 봄볕처럼 따스한 재회의 기쁨을 누리고 싶은 사람 몇몇이던가.

젊어서는 나에게 가까이 오는 인연이 보이더니 나이 들수록 멀어지는 인연이 눈에 밟히기도 한다. 넘치는 관계 속에 감정조절이 쉽지 않아 과부하에 걸려 노심초사했던 적도 있었고 냉정해야 할 것에 자꾸만 뒤돌아보다가 후회막급이었던 적도 있었다.

침묵하고 기다려야 할 때 기다리지 못하고 안달했던 경박함이 부끄러워 고개 숙인 적도 많았다.

가고 오는, 들고 나는 우주의 모든 것들이 쓸쓸해지기 시작하는 나이, 딱히 의욕도 생기지 않고 흐르는 대로 인정하고 싶은 나이, 끝을 향해 가고 있는 생의 후반부에 들어서야 되짚어 본다.

'인생 후반부를 사는 사람들은 나이가 들면 가까운 가족이나 친구를 잃는다는 것을 각오해야 한다.'고 한다.

노년에 이르렀을 때 자신의 장점과 단점을 알고 있어야 기회에 맞게 대처할 수 있고 구차한 노후가 되지 않기 위하여 정신적 힘이라도 키워야 하지 않을까 싶다. 그리고 절대 안 된다는 말은 이제 하지 말자. 이럴 수도 있고 저럴 수도 있고 다른 대안도 있다는 걸 인정해야 할 나이 아닌가.

퇴직한 남편이 무료하여 이것저것 기웃거리다가 목공 학원에 등록했다. 어딘가에 소속감 없는 현실이 지루하고 따분하여 현실 적응이 쉽지 않다는 이야기를 퇴직한 남편을 둔 선배들한테 들은 바 있다.

아들뻘 되는 사람들과 몇 개월 실습과 이론을 배울 때 좀 버겁다고도 했다. 그럴 때는 젊은 수강생에게 부탁하여 도움을 받아 해결하고 한 가지씩 작품을 완성해 오더니 만족감에 더 꼼꼼히 설계하고 완성도를 높여 가며 졸업을 하고는 이러저러한 생각을 하더니 넉넉한 옥상에다 공방을 차렸다. 몇 가지 목공작업에 필요한 도구를 사들여 혼자서 할 수 있는 도마를 만들어 상품화시켰다.

처음에는 지인들에게 선물하고, 그 지인들의 소개로 하나둘 주문이 들어와 순수 수제도마를 만들어 판매도 하게 되어 소일거리이자 취미 생활이 되었다. 목재를 구입하는 일에서부터 디자인까지 혼자서 하는 작업에 몰두하다 보니 이러저러하게 나와 부딪치는 일도 줄었다.

선물용으로 완성품에 이름도 새기고 간단하게 원하는 멘트도 써넣어 주면 세상에 단 하나밖에 없는 자신만의 도마라며 주문자의 만족도가 높다. 특히 결혼 선물로 신랑 신부 이름을 새겨서 선물하는 풍습이 있는 지역에서는 시어머니들의 요구에 맞춰 만들어 주면 정말 만족해서 잘 살겠다고 덕담까지 한다.

요즘은 음식을 도마에 예쁘게 플레이팅해서 차려내는 컨셉도 참고하여 모양이 예쁜 도마에 시도 한 수 써 넣고 섬세한 상상력까지 동원하여 주문자의 만족도를 배가시키기도 한다. 음식을 다루는 일은 무엇보다 청결이 우선이라 세균번식을 억제하는 항균성이 뛰어나다는 수입 원목인 캄포 도마는 특유한 향이 있어 부엌에 들면 은은한 향기에 놀란다고 한다. 외국여행에서 거금을 주고 사 들고 온 캄포 도마를 우리 집에 와서 직접 보고는 품질에다 가격까지 착함에 놀라 다시 주문하는 사람도 있다.

노후의 무료함을 이겨내는 남편에게도 고맙고 끝을 향해 가고 있는 우리의 생도 나무의 특징에 따라 매만지고 쓰임이 달라지는 것처럼 남은 생도 잘 다듬어 갔으면 좋겠다.

젊은 날, 누구의 몫에 얹혀사는 삶은 살지 않겠다고 내 목소리로 살겠다고 다짐했던, 그러나 어쩔 수 없이 남편의 몫에 얹혀사는 삶을 살아왔다.

감싸 안는 따뜻함도 필요하지만 지켜보는 냉정함도 필요하다고, 내 삶을 구성하는 하나하나에 성의를 다하여 살 일이다.

믿거나 말거나 나의 사주팔자에 나무에 관한 사업을 하라 했으니 내 팔자에 그의 생이 얹히는 건 아닌가 모르겠다. ㅋㅋ

처음과 끝이 연속되어 이어지는 것이 우리의 삶 아니겠는가!

바라건대 아직 나에게 오지 않은 '첫'들이여.

다정하고 따뜻한 설렘으로 와 주었으면.

그리고 언젠가는 올 나의 '끝'들이여!

도처에 지뢰밭이 널려있거나 불편함이 존재해도 따스한 감수성이 둔감해지지 않기를!

2019 . 7.

나는요? | 박신영

40대에도 50대에도 처음 살아보는 나이였습니다.

귀가 순해진다는 이순을 지나고 있는 60대의 삶도 역시 처음이라 모르겠습니다.

앞으로 나에게 올 삶도 곡진하게 살아야겠다는 다짐을 해 봅니다.

시집으로 『마흔앓이』가 있습니다.

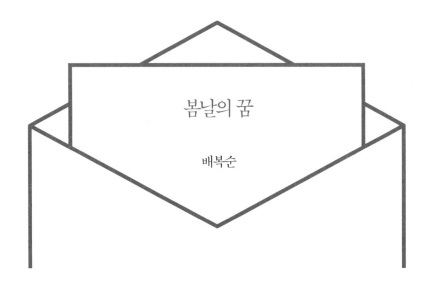

봄날의 꿈

배복순

어머니!

늦은 오후의 시간입니다. 붉은 덩어리가 통째로 바다에 풍덩 빠지고 있습니다. 자리를 털지 못하고 멍하게 앉아 있습니다. 오늘 아침 출근할 때까지만 해도 오후에 제가 이 바닷가 모래 위에 털썩 주저앉아 있을 줄은 생각하지 못했습니다. 분명히 아침 출근할 때까지만 해도 저는 오늘 열심히 일할 생각이었습니다. 하지만 결국은 마음을 추스르지 못하고 이곳까지 오게 만들었습니다.

오늘은 돌아가신 친정어머니의 기일입니다. 몇 년 전부터 자식들 편의를 위해 아버지 기일에 합쳐서 지내느라 실제로 친정어머니 기일은 저 혼자만 이렇게 시간을 갖는 것이 버릇이 되었습니다. 오늘은 잘 이겨내 보려고 아무리 생각을 다졌어도 그 시간을 다 이겨내지 못하고 반일 연가를 내고 결국은 또 이 바닷가에 혼자 앉아 있습니다. 친정어머니가 돌아가시던 그날의 생생함과 안타까움이 절절합니다. 육십오 세의 젊은 나이에 투병 생활 몇 개월 만에 너무도 허망하게 세상을 떠나시던 그날의 황망함이 제 몸에 고스란히 각인되어 있습니다.

어머니! 어머니께 단 한 번도 말씀드리지 못했던 안타까운 이야기는 지금쯤 사그러들 줄 알았는데 아직도 내 가슴속에 응어리처럼 남아 있는 것 같습니다. 어머니가 아시다시피 저는 아홉 남매를 두신 어머니의 셋째 며느리였지만 종갓집 맏며느리가 되어버렸지요. 다른 동서들이 오지 않은 빈자리를 저 혼자 하는 건 당연한 것처럼 40여 년이 넘도록 살았어요. 혹시라도 어머니의 심기를 건드릴까 노심초사했어요. 오히려 어머니가 저한테 다른 동서들 몫까지 미안해 하실까 봐 더 전전긍긍했었어요. 그러다 보니 자연히 시댁의 모든 일은 내 몫이 되었고 친정의 모든 일은 나와 멀어진 별개의 일이었어요.

명절에 한 번도 친정에 갈 수 없었어요. 나중에 들은 이야기지만 친정어머니는 혹시라도 큰딸이 올까 해서 기다렸다는데 저는 무참히 한 번도 그 애절함에 답한 적이 없던 큰딸이었다고 합니다. 어쩌다 저는 어머니의 셋째 며느리가 되었을까요? 어쩌다 저는 셋째 며느리이면서 아홉 남매의 맏며느리 노릇을 하게 되었고 종부가 되었을까요?

숙명처럼 받아들였던 만들어진 종부의 생활을 다른 동서들처럼 노골적으로 싫다고 못 했어요. 저까지 안 하면 어머니가 너무 힘드실 것 같았거든요. 또한 너무 권위적인 남편과의 입씨름이 싫어서 거부할 엄두도 못했어요. 당연히 제 운명이라고 여겼어요. 그런 저를 안쓰럽게 봐 주시기보다는 당연하다는 듯 대하시는 어머니가 서운한 적도 많았지만 차마 내색하지 못했어요. 저는 며느리였으니까요.

명절이나 행사 때마다 지리적으로 조금 더 가야 하는 친정에 가는 걸 어머니는 극구 말리셨어요. 아범이 피곤할 거라면서요. 왜 그러셨나요? 저도 어머니의 두 딸처럼 친정에 갈 수 있게 해 주시지 그러셨어요. 왜 저는 두 시누이가 친정에 오면 수발을 들어야 하는 며느리여만 했을까요? 저도 친정에 한 번이라도 가라고 해주시지 그러셨어요? 가겠다고 말 못 하는 며느리를 안쓰럽게 봐 주시지, 왜 매번 매몰차게 못 가게만 하셨어요? 저는 명절에 친정에서 보낸 추억이 전혀 없습니다. 오지 않는 큰딸을 기다렸을 부모님을 생각하면 저는 지금도 가슴이 미어집니다.

바다로 내려앉는 붉은 노을을 하염없이 바라봅니다. 어머니 죄송합니다. 별의별 이야기가 쏟아집니다. 마치 하룻밤의 일처럼 스칩니다. 몇 년 전에 구순 잔치를 해드리면서 볼멘소리로 여쭤봤었지요. 어머닌 왜 친정에 한번 못 가게 했냐고 했더니 그러셨어요. 피곤한데 더 멀리 운전할 아들이 안쓰러워서 말렸다고요. 지금 생각하니 너한테 미안하더라고요.

오로지 아들이 피곤할 것 같다는 말에 할 말이 없었지요. 며느리는 자식이 아니냐고 여쭤보고 싶었는데 꿀꺽 말을 삼켰어요. 어머니와 제가 자식으로 맺어진 지 40여 년이 지났지만 이제야 옛일로 불편해지고 싶지 않았으니까요.

어머니께 편지를 써 보는 게 처음인가 봅니다. 한 번도 편지 쓸 생각을 못 했었지요. 아버님께 편지 드리는 것은 의무처럼 그토록 자주 했었는데 어머니께 편지 쓰는 일이 처음이라는 것에 저도 놀랍습니다.

어머니, 죄송합니다. 하필이면 첫 편지가 원망만 늘어놓았습니다. 이제야 원망도 할 줄 아는 편안해진 어머니의 자식이 되었나 봅니다. 그래도 어머니, 저는 늘 감사하게 여기고 삽니다.

90이 넘은 연세에도 정신이 맑고 육신도 건강하셔서 얼마나 감사한지 모릅니다. 어머니보다 더 병약한 저는 늘 어머니의 걱정거리지만 다른 친구들이 겪는 부모님의 노후 걱정을 안 하잖아요. 지금도 밥을 손수 지어 드시고 텃밭에 채소를 가꾸시는 어머니. 동네 사람들의 모든 기념일과 소식을 다 알고 계시는 어머니를 뵈면 늘 저희는 감사할 뿐입니다.

텔레비전의 뉴스 내용도 정확하게 이해하시고 저희들에게 염려하시는 총기에 감사할 뿐이지요. 건강하세요, 어머니!

제 푸념도 웃음으로 넘겨주시고 감사합니다. 어쩌다 보니 제가 시집왔을 때의 어머님 연세보다 훨씬 더 나이 들어 버린 제가 되어있습니다. 93세가 되시는 어머니와 벌써 70을 향해 가는 저도, 이 나이가 되고 보니 세월이 봄날의 꿈 같습니다.

지금도 명절이 되면 어머니께 향하는 저를 보면서 제 며느리가 묻습니다. 올해는 안 가시면 안 되느냐고요. 그 말에 대답 대신 어머니가 좋아하시는 쇠고기를 챙기고 식구들 먹일 음식을 바리바리 장만해서 준비하고 있는 저를 발견하곤 합니다. 제 며느리는 친정에 보내거나 여행을 보냅니다. 제가 시어미로서 해줄 수 있는 최대한의 배려랍니다. 종부로 만들어질까 두려워하는 저의 못난 이기심이라 해도 어쩔 수 없습니다.

이제 그만 털고 일어서렵니다. 그사이 붉은 해도 바닷속으로 잠기고 사방이 어슴푸레합니다. 늦기 전에 돌아서서 아범 저녁 준비하러 가겠습니다. 오늘도 편안히 쉬세요.

아마도 이 편지는 어머니가 읽으실 수 없는 저만의 글이 되고 말겠지요.
어머니의 한글 공부는 중단된 지 오랜 시간이 흘러버렸으니까요.

나는요? | 배복순

늘 그럭저럭 삽니다. 하지만 꿈꿉니다. 늘 깨어있기를….
마음 챙김이 깨어있고, 자존감이 깨어있고, 스스로에게 단호하고 냉철하게 깨어있는 사람이
길 날마다 기도하며 삽니다.

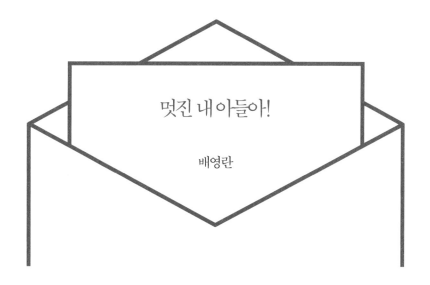

멋진 내 아들아!

배영란

아들아!

네가 좋아하는 축구를 빨리도 하고 싶었니? 출산 예정일보다 미리 나와 놀기 좋아하는 넌 처음부터 서프라이즈를 선사했었지. 30년 전 오늘 너와의 감격적인 첫 만남이 생각나는구나. 무더운 여름, 죽음 같은 산통을 겪은 이후 출산의 황홀한 경험을 하게 해준 나의 아들아.

돌아보니 엄마가 평생 워킹맘이라 보호받아야 할 나이에 오히려 넌 동생을 돌보며 어린 시절을 보내야 했지. 하지만 불평 한마디 없이 씩씩하고 밝게 잘 자라 주었구나.

어느 날 조금의 망설임도 없이 해병대 지원서를 내 놓았고 대체로 너의 선택을 존중하는 터라 엄마 아빠는 흔쾌히 동의했지. 포항해병대훈련소에 널 들여보내고 돌아오는 길목의 저녁노을은 유난히 아름다웠고 세상이 텅 빈 것 같은 허전함과 쓸쓸함은 이 세상의 무엇으로도 달랠 길이 없었다. 무거운 발걸음으로 집에 도착한 엄마 아빠는 너의 방으로 먼저 가 보았다.

주인 없는 책상 위에 세 통의 편지가 가지런히 놓여 우릴 기다리고 있더구나.

아버지께, 어머니께, 동생에게.

입대 앞두고 친구들과 연이은 과음에 속도 안 좋았는데 가기 전날 잠이나 푹 좀 잘 것이지 자지 않고 세 통의 편지를 쓴 너의 마음을 생각하니 울컥 목이 메이더구나.

"아버지는 저에게 우러러 보는 산과 같은 존재이며 좋은 아빠를 가져서 행복합니다. 엄마는 평생 직장생활 하면서 늘 새로운 것을 배우는 것을 게을리 하지 않고 공부하며 운동과 독서를 생활화하니 엄마의 도전정신을 본받아 조금의 망설임도 없이 스스로 해병대를 지원하게 되었습니다. 더 튼튼한 아들이 되어 돌아올 테니 아무 걱정 마시고 엄마 건강관리 잘 하고 계세요. 동생에게는 오빠가 없는 동안 엄마 아빠를 잘 부탁한다."

넌 결국 철없는 동생까지 엄마 품에 안겨 펑펑 울게 만들더구나. 군 복무기간에 너와 엄마가 주고 받았던 편지로 우린 좀 더 서로를 잘 이해하게 되고 서로에게 응원과 격려가 되었었지. 넌 대한민국의 믿음직한 해병대 군인으로 국가안보의식이 투철하여 자식이지만 기특하고 존경스럽기까지 하더구나.

너는 더욱 단단한 대한의 남아가 되어 돌아왔고 눈빛은 더욱 빛났으며 더 이상 못할 것이 없다는 자신감이 그대로 드러나 보기 좋았단다. 가끔 한번씩 엄마가 아파서 병원에 갈 때면 예외로 겁이 많아 무서워 하면 해병대 엄마가 그까짓거에 겁내면 되냐고 너스레를 떨며 긴장했던 날 금세 무장해제 시켜 결국은 미소를 짓게 해주지.

언젠가 대화 중에 엄마 아빠의 대학시절에 대한 얘기를 하게 되었지. 엄마 아빠 다 장학금이나 알바로 부모님의 도움 전혀 없이 대학을 졸업한 사실에 대하여 듣고 넌 이렇게 말했지. 힘들게 대학시절을 보냈구나 생각할 수도 있는데 "스스로 해낸 엄마 아빠의 용기와 능력이 자랑스럽다"며 본인도 그렇게 하고 싶다더니 결국 네 말대로 학부는 물론 현재 박사 2년 차까지 스스로 힘으로 학업을 계속하고 있구나. 이렇듯 긍정의 힘은 많은 것을 얻게 되며 놀라운 성과를 가져다 준단다. 긍적적 사고와 삶을 누릴 줄 아는 낙천성은 너의 큰 강점이지. 힘든 공학박사 공부를 오래하던 동생을 잃어 본 나로서 공부만 하면 건강이 염려되어 널 말렸을 텐데 다행히 마라톤, 축구 등 각종 스포츠를 즐기고 또한 독서 동아리 활동을 통하여 문무를 균형 있게 갖추어 가니 마음을 놓을 수가 있더구나.

인간은 노동하는 시간보다 향유하는 시간이 많아야 행복하다고 했는데 힘들게 공부만 하는 게 아니라 넌 유쾌하고 친화력이 좋아 짬짬이 친구들과 즐거운 시간도 가지니 엄마는 흐뭇하게 바라보고 있단다. 진정한 친구는 너의 삶을 훨씬 풍요롭고 외롭지 않게 할 것이니 네가 먼저 손 내밀고 좋은 친구가 되어 주어 좋은 인간관계에서의 행복도 맛보길 바란다. 혹여 넉넉지 못한 여건으로 조금이라도 좋지 않은 인성이 길러질까 봐 걱정도 했는데 너는 오히려 충분히 삶의 즐거움을 누릴 줄 알며 쓸 때와 아낄 때를 구분할 줄 아니 엄마의 부질없는 염려를 내려놓기로 했단다.

요즘 젊은 층에게 취업난이 문제가 되고 있는 이 시대에 국내 굴지의 H기업과 S전자 두 곳에 박사 산학장학생에 합격되어 매달 장학금 받으며 졸업 후 선택하여 갈수 있는 곳이 정해져 편안한 마음으로 졸업까지 학업에 매진할 수 있으니 이 또한 감사한 일이구나. 졸업 후 입사하게 되면 차세대 첨단

기술을 개발하고 연구하게 된다니 엄마는 설레는 마음으로 응원하며 지켜보고 있으련다.

아들아, 엄마가 옆에서 보기 안쓰러울 만큼 몇 년째 새벽부터 밤까지 힘든 공부를 스스로 그렇게 하는 데는 나름의 이유와 동기 유발이 있었다는 걸 엄마는 나중에야 알게 되었단다.

해병대 휴가 나왔을 때 지금은 하늘나라로 간 공학박사 외삼촌을 병간호하며 외삼촌의 뒤를 이어 한국 최고의 공학박사가 되겠다고 삼촌과 약속을 했다며 삼촌이 떠났으나 약속을 지키고 싶었다고 했다. 또 하나는 아빠의 사업이 기울어진 이후에도 좌절하지 않고 뛰어난 정신력과 성실함과 인내심으로 버텨내며 어려움을 잘 겪어 내고 있는 훌륭한 아빠에게 꼭 힘이 되는 아들이 되겠다고 어느 눈 내리는 날 하늘을 보며 결심했다는 너의 기특한 마음을 알고 엄마는 울고야 말았단다. 큰 좌절을 겪었지만 빛나거나 화려하지 않아도 아들에게 존중받는 남편이 다행스러웠고 무엇보다 눈에 보이지 않아도 삶에 있어, 인간에 있어 무엇이 중요한지를 아는 아들이 대견스러웠단다.

요즘 주변에 젊은 엄마들이 자녀 교육에 모든 시간과 에너지와 경제를 투자 하는 걸 보면 엄마는 해준 게 별로 없어 새삼 돌아보게 되더구나. 엄마가 공교육 사교육에 몇 십년 몸담고 교사로, 학원원장으로 일을 했지만 밖에 일에 몰입하다 보니 정작 퇴근하면 에너지 소진으로 말할 기운조차 없었던 아이러니한 날들, 너희들이 가장 중요하고 힘든 고등학교 시절에 엄마는 학원 운영으로 늘 피곤하여 잘 챙겨주지 못한 것 같은 아쉬움이 늘 자리 잡고 있단다. 자식 가진 부모는 누구나 함부로 말할 수 없고 나중을 봐야 되겠지만 지금까지는 잘 자라준 나의 고마운 아들, 딸아! 매사에 감사하며 열심히 살았을 뿐 너희에게 해준 게 없는 부끄럽고 염치없는 엄마는 그저 미안하고 고마울 뿐이구나.

아들아, 어떠한 상황이든 삶은 누리는 자의 몫이라 했으니 노력하고 누리며 사랑하며 살 일이다. 지금도 충분히 열심히 살고 있는 아들에게 더 이상 할 말이 없지만 바라는 것이 있다면 아들이 남자로서의 꿈이나 성과, 명예도 좋지만 더 중요하고 바라는 것은 아들이 좀 편안하면 좋겠구나. 그리고 네가 늘 입가에 미소 지으며 행복하면 좋겠구나.

다음에 엄마 아빠의 둥지를 떠나 너의 둥지에 새 가정을 꾸려 살다가 가끔 삶이 외롭고 지칠 때면 언제나 찾고 싶은 그런 엄마가 되고 싶구나. 엄마의 삶에 늘 씩씩한 응원을 해주고 든든한 나무가 되어 주어 고맙구나. 엄마 아빠도 언제까지나 널 응원하며 널 위해 기도하련다. 삶이 다하는 날까지 뒤에서 널 응원하는 엄마 아빠가 있다는 걸 명심하렴. 살아가다가 혹여 어려운 일이 닥치더라도 늘 네가 웃으며 말하는 해병대 정신, "안되면 될 때까지"를 외치며 벌떡 일어나 힘을 내려무나.

사랑하는 내 아들아!

2019년 초여름에
엄마가

레몬 향기같이 상큼한
우리 딸에게

배영란

　　마치 TV 광고에서나 봄직한 멋진 장면이었지. 배경은 대관령쯤인
것 같고 끝없이 펼쳐진 대지 위에 더할 수 없는 싱그럽고 푸르른 배추밭의
눈부신 광경이 화면 가득 내 눈에 들어 왔었지. 이렇게 상큼하고 사랑스러운
딸이 내게 오려고 그런 태몽을 꾸었던 것일까.

　경민아! 오빠도 아직 어린데 너까지 둘을 데리고는 직장생활할 엄두가 나
지 않아 널 시댁(마산)에 맡겨 두고 온 후 보고파 울면서 일하러 다닌 시절이
생각나는구나. 할머니랑 잘 놀더니 언제부터인가 엄마랑 헤어지려는 순간이
오면 꽃잎 같은 입술로 삐죽삐죽 울기 시작해서 엄마 목을 붙들고 떨어지지
않으려고 목놓아 우는 널 결국은 다시 서울로 데려와야만 했지. 멀리 보내기
도 했었고 바쁘다는 핑계로 제대로 못 챙겨 줘 놓고 엄마가 정한 기준에 도
달하지 못한다며 늘 혼만 많이 냈었구나. 아빠를 닮아 남을 배려하고, 들어줄
줄 알고, 나서지 않으며, 조용히 남을 챙기며 조화를 이루는 훌륭한 장점을

가진 널 말이야.

　오빠는 해병대를 다녀오고 해외로 봉사활동을 다니는 등 다양한 활동을 통하여 자신을 성장시켜 가는데 넌 여자아이라 제한이 많은 데다가 유학 보낼 형편은 못 되었지. 어떤 방법으로 집과 학교를 벗어나 다른 경험을 하게 해서 사고의 폭을 좀 넓혀볼까 고민만 하고 있었지. 어느 날 그런 엄마의 고민을 알았다는 듯 정부 지원 해외 인턴프로그램에 지원해 영어 면접까지 보는 관문을 뚫고 합격하여 합격통지서를 내밀었지. 어학연수와 너의 전공 패션디자인 인턴 과정을 국가장학금으로 가게 되었으니 이런 행운이 어디 있겠니. 비행기 왕복 경비는 물론 매달 생활비까지 모든 게 지원되어 부모는 잘 다녀오라는 인사 외엔 할 게 없었단다. 결국 넌 가고 싶어 하던 패션의 도시 뉴욕으로 가서 패션 디자이너의 인턴 과정을 빛나는 청춘과 함께 한 치의 망설임이나 두려움 없이 신나게 누리다 돌아왔지. 난 길가에 있는 나무에게도 누구에게라도 감사의 절을 하고 싶은 심정이었단다. "하늘은 스스로 돕는자를 돕는다.", "노력하는 자에게는 기회가 온다."를 내가 대학시절에 깨달은 것을 다시 한번 절실히 느끼면서 말이야.

　수능 이후 지금까지 학비며 용돈, 해외 다녀오는 것까지 부모 도움 전혀 없이 스스로 해낸 착하고 자랑스런 딸을 혼만 내서 엄마가 미안하구나. 어여쁜 딸이 누구에게나 대우 받고 사랑받는 딸로 키우고 싶은 엄마의 마음으로 이해해 주면 좋겠구나. 잘하고 있지만 우리 딸에게 조금만 더 바랄 게 있다면 운동과 독서 두 가지란다. 운동은 즉 건강 관리는 자기 관리에서 첫 번째이며 기본이란다.

　삶의 모든 것을 선택할 수 있게 하고 모든 것을 가능하게 하는 필수 조건이

지. 그리고 독서는 우선 인간에 대한 깊은 이해를 할 수 있게 해주며 사람 사는 원리와 지혜를 깨닫게 해준단다. 좋아하는 기호도 취미도 각자 다르지만 이 두 가지는 꼭 접하도록 노력하면 좋겠구나.

둘이 대학 다닐 때 가장 지출이 많을 것이라 미리 걱정했던 엄마는 학교장학금, 국가장학금, 알바, 학자금 융자로 단 한푼도 부모 도움 없이 둘다 잘해 낸 너희가 한없이 고맙고 자랑스럽구나. 딸아 정성을 다하지 못했는데도 이렇게 이쁘게 커 주어서 고맙구나.

이 삭막한 세상에 내 편이 하나 더 있는 것 같은 동질감과 든든함을 느끼게 해주는 딸이 있어 엄마는 행복하단다. 해준 것 없는 면목 없는 엄마가 진심으로 고백한다. 사랑스런 네가 내 딸로 와주어 고맙구나.

사랑한다, 내 딸아!

2019년 초여름에
엄마가

나는요? | 배영란

한때 멋지고 당당한 걸 좋아하던 시절이 있었습니다.
이제 편안한 것이 아름답고 좋다는 생각이 드는 것은 나이가 들어가기 때문일까요. 편안한 사람이 좋고 나 또한 자신의 목소리는 가지되 누구나 말을 걸어올 수 있는 편안한 사람이 되고 싶네요. "잘 물든 단풍은 봄꽃보다 아름답다." 했던가요. 나도 잘 물들어가야겠습니다. 아름다운 단풍처럼….

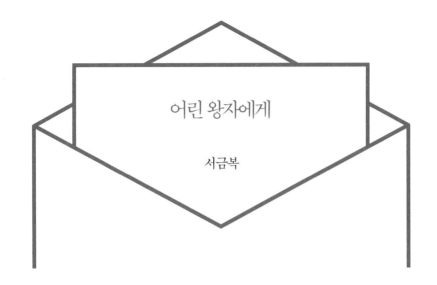

어린 왕자에게

서금복

"아저씨가 밤에 하늘을 쳐다보게 되면 별들이 모두 웃는 것으로 보일 거야. 그러니까 아저씨는 웃을 줄 아는 별들을 가지게 될 거야!" 그러면서 또 웃었습니다.

조금 전이었단다. 너와 네 아저씨가 이별하는 장면을 읽을 때였지. 책 속에서 너는 '또 웃었습니다.'라고 했는데 나는 왜 눈물이 나는 걸까. 눈물이 고인채 무심코 내다본 창문에는 마치 비행기가 이륙할 때 내는 소리와 함께 눈보라가 세상을 감기 시작했단다. 병아리 깃털같이 노르스름한 꽃을 달고 있던 산수유나무와 산뜻한 봄을 맞기 위해 가지치기한 자두나무가 때아니게 휘몰아치는 눈보라 속에서 쓰러질 듯 휘청거리고 있었단다. 순간 나는 '어린 왕자가 자기 별로 돌아가는 비행기를 탄 게 아닐까.'라는 상상을 하며 유리창 앞에서 손을 모았단다. 너의 장미꽃과 양이 있는 별나라로 무사히 도착하길 빌면서.

어린 왕자!

네 아저씨가 말한 것처럼 나도 이제 나이를 먹었나 보다. 최근에 너와 다시 만나면서 가장 가슴에 와 닿는 부분이 이별 부분이라니…. 그것은 내가 그동안 크든 작든 많은 이별을 해봤다는 거 아니겠니?

사실 나는 친구든 지인이든 한 번 인연을 맺으면 끝까지 가는 편이었단다. 그래서 모임에 이름만 걸어놓고 나오지 않는 사람들에게도 몇 년간 책을 보내고 모임에 나와 달라고 편지도 보냈단다. 그런데 그걸 고마워하기보다는 '제발'이라는 단어를 앞세워 '자기를 봐 달라'고 부탁하는 목소리를 듣고는 진정한 사랑이란 상대의 마음을 편하게 해주는 것이라는 걸 깨닫게 되었단다. 사랑을 빙자하여 자기의 자존심만 지키려 해선 안 된다는 것도 알게 되었지. 그 후로는 모임에 나오지 않겠다고 하는 이에게는 순순히 그러라고 한단다. 나도 사람인데 왜 서운한 마음이 없겠니. 우리가 함께한 세월이 얼만데…. 그러나 웃는 얼굴로 보내자고, 덕담으로 헤어지자고 수도 없이 다짐하곤 한단다. 물론 애쓴 만큼 잘 안 되지만 말이다. 그런데 이번에 너를 다시 만나고 보니 너는 죽음 앞에서도 아름다운 말을 하더구나.

> "이거 봐, 아저씨. 그건 아늑할 거야. 나도 별들을 쳐다볼 테야. 모든 별들이 녹슨 도르래 달린 우물이 될 거야. 모든 별들이 내게 물을 마시라고 퍼줄 거야."

어린 왕자!

법정 스님은 1965년에 너를 처음 만나서 1971년에 너에게 편지를 쓸 때까지 스무 번도 더 읽었다는데, 내가 너를 처음 만난 건 1972년 중학교 2학년 때였단다. 친구 용자는 언니가 대학에 다니고 오빠가 고등학생이어서 그랬는지, 좋은 책을 읽을 때마다 내게 권했단다. 어느 날 너무 재미있는 책이라며 『어린 왕자』를 권했는데, 언니도 없고 오빠도 없는 나는 도대체 페이지를 넘길 수 없었단다. 그러다 책을 돌려줄 때 친구는 기대에 찬 눈으로 '어땠냐?'고 물었는데, 지금이나 그때나 융통성 없이 솔직하기만 한 내가 '무슨 말인지 모르겠다.'라고 말했단다. 그러고 나서 용자는 나를 '아주 무식한 애' 취급을 하면서 상대를 해주지 않았단다. 다행히 클래식 음악을 듣고 작곡가와 곡명을 맞추는 음악 시험으로, 교양 있는 용자도 못 받은 만점을 내가 받아서 '아주 무식한 애'에서는 벗어날 수 있었지만. 그래서였을까, 용자와 나는 중학교 이후 소식이 끊겼단다.

그래도 나는 스무 살 이후에 너를 종종 만나곤 했단다. 여섯 개의 별을 돌며 네가 만난 권위만 찾는 임금님, 칭찬 외에는 아무것도 들으려 하지 않는 허영쟁이, 창피한 걸 잊으려고 술 마시는 술고래, 숫자를 세느라 바쁜 사업가, 전등을 껐다 켰다 하느라 1초도 쉬지 못하는 점등인, 탐험가를 기다리느라 서재를 떠나지 못하는 지리학자. 네가 지구에 오기까지 여섯 개의 별을 돌아다닌 이야기는 많은 사람에게 들었단다. 물론 여우가 네게 친구 사귀는 방법을 이야기해 준 것도 다 알고 있었지. 그 이야긴 너무 유명했으니까.

그런데 손자가 넷인 할머니가 되어 다시 너를 만나 보니 이제야 네가 얼마나 따뜻하면서 씩씩한 아이인지 알겠구나. 아들과 며느리에게 네가 한 말을 전해야겠다. 그리고 손자들에게도 들려주고 싶은데, 아무래도 그냥 전하면 어려워할 테니 동시로 바꿔서 들려줘야 할 것 같구나. 할머니가 사랑하는 어린 왕자의 말이라면서….

> '꽃이 하는 말을 가지고 판단할 것이 아니라 하는 일을 보고 판단해야
> 할 걸 그랬어.'
> '나비를 보려면 벌레 두세 마리쯤은 견뎌야 해.'

어린 왕자!

너에게 보내는 편지를 여기까지 쓰면서 다시 창밖을 보니 산수유나무와 자두나무에 새가 놀러와 있구나. 명랑한 수다가 제법 긴 걸 보니 아까 휘몰아친 눈보라를 타고 네가 별나라에 잘 도착했다는 안부를 전하는 것 같다.

잘 지내렴. 밤마다 장미꽃에 유리그릇을 씌우고 양을 잘 지키면서 네 아저씨, 앙투안 드 생텍쥐페리처럼 별을 보고 웃을 줄 아는 사람들이 아직은 많다는 걸 기억해다오.

2019년 어느 봄날, 볕 좋은 양평에서

2059년에는

서금복

사랑하는 아들들아!

올 가을에 편지마을이 창립 30주년을 맞는단다. 편지마을이 창립될 때 승규는 일곱 살, 정규는 네 살이었지. 그리고 나는 서른 한 살이었단다. 지금 생각하면 어리디 어린 새댁이 뭘 안다고 편지마을 창립에 뛰어들었는지….

물론 그때는 체신부 산하로 있던 〈편지쓰기 장려회〉에서 많은 도움을 주셨단다. 특히 최실장님께서 회지 만드는 것부터 단행본 펴내기까지 물심양면으로 도와주셨고, 조성악 회장님과 최미옥 부회장님의 헌신적인 노력도 있었지.

최실장님과 함께 우리 임원들은 전국을 돌아다니며 지회를 결성하고 몇 년 동안은 아주 재미있게 편지마을을 운영했던 것 같다. 1년에 네 번 회지도 만들고, 2년에 한 번씩 단행본도 펴냈지.

창립 10주년 때에는 서울 중랑문화원장님으로 계시는 탤런트 이순재 님과 아동문학가 엄기원 선생님을 모시고 그 해에 환갑을 맞은 녹동회 선배님들께 축하의 박수도 맘껏 올릴 수 있었단다.

20주년 때에는 '황순원 소나기 마을'에서 행사를 하고 뒤풀이는 그때 소나기마을의 초대 사무국장으로 있던 김기택 시인을 모시고 양평 우리 집에서 즐거운 시간을 보냈단다. 모처럼 올라온 지방 회원들과 함께 노래를 부르고 밀렸던 이야기를 밤새 나누다 다음 날에는 두물머리에서 석별의 정을 나누었던 기억이 지금도 생생하단다.

그리고 또 10년이 지나서 다가올 가을이면 창립 30주년을 맞게 되는데….
글쎄, 잘 모르겠다. 회원 몇 명이 모여서 어떤 행사로 지난 30년의 우정을 다짐할지….

사랑하는 아들들아!

엄마도 어느새 환갑을 지낸 손자 넷을 둔 할머니가 됐구나. 조성악 선배님은 작년에 팔순을 맞았고, 정정성 선배님과 전북의 김여화 선배님, 경남의 신태순 선배님도 칠순이 지났을 거다. 네가 알던 '편지마을 아줌마'들 대부분이 이제는 할머니가 되었단다.

그래서일까? 계간으로 내던 편지마을 회지는 20주년 때 50호에서 막을 내렸고, 2년에 한 번씩 내는 단행본만 올해로 15집을 맞는단다.

오늘 내가 왜 너희를 불러놓고 이런 이야기를 할까? 그건 지나간 편지마을의 30년이 엄마에게 얼마나 중요했는지를 너희가 잘 알기 때문이겠지. 물론 너희보다 편지마을에 대해 더 잘 아는 사람은 아버지이지만, 편지마을을 포함한 엄마와 아버지의 '문학서재'를 관리하고 유지해줄 사람은 바로 너희가 아닐까 하는 생각에서 오늘 이 편지를 쓰게 됐단다.

사실, 너희는 글을 잘 쓰지. 벌써 10년쯤 됐을까? 정규가 어느 수필 공모전에서 당선되기도 했잖니? 지금은 아이들 키우느라 정신없어 그렇지, 마음만 먹으면 좋은 글을 쓸 거라고 믿는다. 우리가 그래도 가족신문을 10년 이상 펴냈으니 그 저력이 있겠지.

그런데 알고 보면 승규도 만만치 않지. 작년에 어느 출판사에서 승규에게 책을 내준다 했을 때, 엄마가 반대하며 작가가 된 후에 책을 내라고 만류한 것에 대한 미안함은 아직도 갖고 있단다.

승규야! 너는 글도 잘 쓰고, 말도 잘 해서 네가 가끔 취직 준비생들 앞에서 강의하느라 대학에 간다고 할 때마다 엄마는 참으로 기쁘단다. 그래서 다시 말하자면 승규와 정규가 훗날 수필가가 되어 조촐하지만, 열심히 글을 쓴 아버지와 엄마의 뜻을 이해하고 지켜준다면 참 고맙겠다는 생각을 한단다.

2059년이면 내가 태어난 지 100주년이 되는 해란다. 얼마 전 우리가 잘 아는 '송알송알 싸리 잎에 은구슬…'이라는 동요의 가사를 쓴 권오순 동시인의 100주년 기념식에 다녀왔단다. 예전에는 100주년이라고 하면 엄청나게 오래전 사람이라고 생각했는데, 그날은 왜 100년이라는 세월이 그리 길게 느껴지지 않았을까. 지금 동시인으로 왕성하게 활동하고 있는 전병호 선생님이 권오순 선생님과 함께 찍은 사진을 보여주었기 때문일까. 아니 어쩌면 그때 『한국수필』에서 '추억의 명수필' 코너를 연재하고 있었는데, 그 달에는 올해

100세를 맞은 김형석 교수님에 대해 몰두해 있었기 때문일지도 모르지. 엄마는 교수님에 대해 쓰느라 한 달 사이에 그 분의 수필집 대여섯 권을 읽었단다. 그러면서 나의 100세에 대해서도 생각해봤단다.

승규, 정규야!

요즘 시대가 아무리 100세 시대라고 해도 엄마는 '글 쓰는 것' 외에는 게을러서 운동도 안 하고 건강관리도 안 하니 아무래도 100살까지 살기 어렵지 않을까 생각한다. (ㅎㅎ 하긴 김형석 교수님도 자신이 100세를 맞을 거라곤 생각 못 했다고 하셨다만…)

어쨌든 그때 승규는 77살, 정규가 74살, 도윤이와 지성이가 45살, 재윤이와 윤성이가 43살이 될 텐데 지금 엄마의 소원은 '편지마을 창립 70주년 및 서금복 작가의 탄생 100주년 기념'이라는 현수막이 양평집에 걸렸으면 하는 거란다.

꿈이 너무 큰 걸까? 그런데 편지마을 단행본 1집을 낼 때, 자기를 소개하는 '나는요?'에 내가 쓴 글은 이렇단다. 〈먼 훗날, 손자들에게 존경받는 할머니가 되기 위해선 과일나무를 심든가, 글을 써야 한다는 생각으로…〉

아! 오늘 다시 보니 손녀도 아니고 손주도 아니고, '손자'라고 썼구나. 그러니 손자만 넷이 되었나 보다. 그뿐 아니라 과일나무를 심어야겠다고 했는데 지금 양평집엔 자두, 복숭아, 토마토가 잘 익고 있으니, 30년 전처럼 나는 오늘도 꿈을 꾸려고 한다.

'서금복 작가의 탄생 100주년 기념'보다는 '편지마을 창립 70주년 기념'이 오히려 더 크게 부각될 수 있겠지만, 그것도 괜찮단다. 70주년 속에 나의 몇

십 년 삶이 담겨 있을 테니까.

이 글을 보고 누군가는 비웃을 수도 있단다. 지금 얼마나 대단한 작가가 많은데 '서금복 작가의 탄생 100주년 기념'의 현수막을 바라느냐고… 그렇다고 해도 기죽을 엄마는 아니란다. 왜냐하면 나는 대단하지 않지만, 올해 맞는 편지마을의 30주년은 대단한 거니까. 어떤 단체에도 손 벌리지 않고, 순전히 우리 힘으로 책을 펴내고 우정을 다지며 30년이라는 세월을 맞았는데, 앞으로도 그 세월이 어디 가겠니? 예전처럼 활발하지 않아도 편지마을을 잊지 않고 누군가 기억만 해준다 해도 그게 어디니? 솔직히 말해서 엄마가 수필을 강의하면서 만난 제자들이 편지마을을 잘 이끌어줄 거라는 믿음도 가슴 한 구석에 자리 잡고 있단다. 그리고 나나 아버지가 문단적으로 잘 알려지지 않았다 해도 너희 내외가 '열심히 글을 쓴 분들'이라고 인정하면 그것만으로도 고맙게 생각하겠다. 엄마는 가족에게 인정받는 작가가 최고의 작가라고 생각하거든. 거기에 우리 손자들이 할머니 할아버지의 책을 책꽂이에 꽂아놓고 소중하게 간직해준다면 더 이상 바랄 게 없겠지.

사랑하는 아들들아!

편지마을 30주년 기념 편지를 마치 유서처럼 썼다만, 올해 환갑을 맞은 엄마는 40년 후를 그려보며 아직도 꾸고 있는 꿈을 너희에게 들려주고 싶었단다. 글도 잘 쓰고, 말도 잘 하는 너희가 지니고 있는 능력을 십분 발휘해서 험한 세상을 위로하는 작가로 살 수 있길 바라는 마음으로 엄마가 숙제를 내줬다고 생각해라. 그리고 나도 너희처럼 숙제하마. 지금보다 더 열심히 글을 쓰며 편지마을이 끊임없이 발전할 수 있길 기도하며 살겠다. 엄마가 살아보니 글을 쓴다는 것이 참 좋더라. 그중에서도 편지를 쓸 수 있다는 게 참 행복하더라. 편지를 받을 사람이 행복할 거라고 생각하니까. 물론 오늘 편지는 숙제라서 좀 부담되겠지만, 엄마는 너희에게 오래전부터 꾼 꿈을 털어놓을 수 있어서 행복했다. 사랑한다. 아무쪼록 건강하여라.

2019년 6월 21일
엄마가

나는요? | 서금복

누가 뭐라 해도 나의 문학의 산실은 편지마을입니다. 30년 동안 편지마을 안에서 열심히 글을 썼습니다. 그 사이에 손자 넷을 둔 할머니가 됐지만, 수필가의 길을 걷고자 하는 후배들을 위해 많은 시간을 내며 행복하게 지내고 있습니다.
『문학공간』으로 수필(1997), 『아동문학연구』로 동시(2001), 『시와시학』으로 시 당선(2007). 동시집 『파일 찾기』 외 2권, 수필집 『지하철 거꾸로 타다』 외 1권, 시집 『세상의 모든 금복이를 위한 기도』를 출간했습니다. 우리나라 <좋은 동시문학상>과 <인산 기행수필 문학상>을 수상했으며 현재 광진문화예술회관 등에서 수필을 강의하고 있습니다.

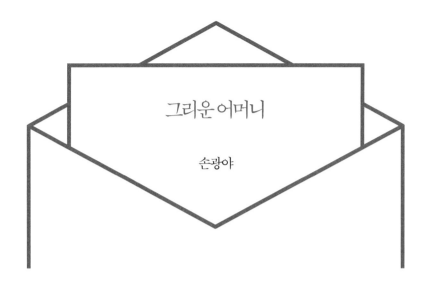

그리운 어머니

손광야

어머니!

오늘 오디 따러, 어머니께서 19세에 시집와서 75년을 기거하셨던 친정집에 왔어요. 뽕나무 수령이 십 년은 된 듯하네요. 막내가 어머니 계실 때 심었다는데 올해 유난히 많이 열렸네요. 일주일 간격으로 네 번째 왔어요.

어머니께서 금방이라도 나오실 것만 같아 눈시울이 뜨거워 옵니다. 지금은 아버지와 함께 편안히 계시겠지요? 마음 좋으신 아버지 만나 평생을 고생하며 사신 어머니!

안방 문을 열어 봤어요. 어머니께서 늘 누워계시던 침대에 벌러덩 누워도 보고 엄마 냄새도 맡아보고 싶었는데 엄마 향내는 어디로 가고 이 복더위에 서늘한 바람만 횅하니 부네요.

영정사진만이 나를 보며 "에미 왔느냐? 어서 오느라." 하시는 것 같아 가슴이 저려왔습니다. 이 넓은 터전에 늘 호미를 들고 사셨던 어머니, 돌아가시기 한 해 전에 해외 근무하는 외손주와 찾아뵀을 때 늦은 여름이었지요. 얼굴이 벌겋게 달아 숨을 몰아쉬고 계셔서 깜짝 놀라 119를 부르려고 하니 "아니다, 들깨밭을 매고 막 들어와서 그러니 걱정마라." 하셨지요.

그때 너무 화가 나서 구십이 넘어 뭐가 아쉬워 이 땡볕에서 밭을 매고 계시느냐고 언성을 높였던 게, 지금 생각해 보면 너무나 후회스럽습니다. 이듬해 어머니는 다시는 들깨를 심지 못하시고 그해 여름 돌아가셨지요. 작년 어머니 안 계신 빈집을 오랜만에 갔을 때 잡초가 너무 우거져 발을 들여놓지 못할 지경까지 되었을 때야 비로소 어머니 생각이 났습니다. 날마다 호미를 들고 계셨기에 풀 한 포기 없이 정갈했던 것을 어머니 돌아가신 후에야 느끼는 저는 철없는 딸이었나 봅니다.

요즘 텃밭엔 가지, 오이, 호박, 파 각종 채소가 풍성합니다. 그 채소를 볼 때마다 어머니께서 머리가 빠지도록 이고서 광천 장에 주욱 펴놓고 파시던 모습이 60년이 지난 지금도 애잔하게 떠오릅니다.

평생을 자식 위해 사시다 돌아가신 어머니! 곧 어머니 기일이 다가옵니다. 천안 동생과 미리 가서 제사 준비를 하고 어머니가 편안히 오시도록 기다리겠습니다. 집 관리도 동생들이 잘하고 있어 이젠 잡초도 없습니다.

두 시간을 딴 오디는 한 4킬로그램은 실히 될 것 같아요. 여름내 주스 만들어 잘 먹겠습니다. 어머니를 그리며 친정집을 나오면서 저도 내년 봄엔 유실수 한 그루 심으렵니다. 우리 아들과 손주들이 할머니는 이미 떠났지만 과실을 따 먹으며 할머니 이야기로 꽃을 피우는 아름다운 추억을 만들어 줘야겠다는 마음이 들었습니다.

며칠 후 묘소에도 찾아뵙겠습니다. 오늘은 유난히 어머니가 그립습니다.

사랑하는 나의 어머니…….

2019년 여름에
딸 광야가 드립니다

나는요? | 손광야

두 아들을 두고 사이에 손주가 셋입니다.
주말마다 할머니를 찾는 녀석들이 너무 귀엽습니다.
충남 청양에서 전원생활을 하며
편지마을 회원, 한국문인협회 보령 지부회원,
충남 문인협회 회원으로 활동 중입니다.

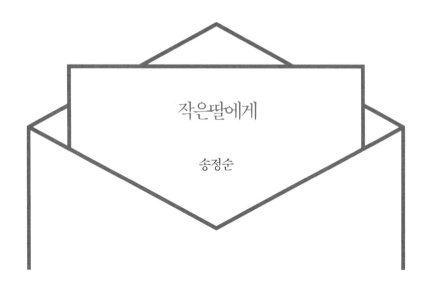

작은딸에게

송정순

정은아, 승진을 축하한다!

기념으로 짜장면 먹자. 어제 먹은 짜장면이 참 맛있더라. 고소하고 쫀득하니 단번에 기분 좋아지던 맛. 병원에 드나들다 보니 입맛도 없고 느른했는데 짜장면 한 그릇에 확 살아났거든. 너도 먹고 힘내라고.

'최선을 다해 대충 살기'

인터넷 검색하다 눈에 띈 문장인데 '최선'이라는 단어와 '대충'이라는 단어의 조합이 생뚱맞다 싶으면서도 오죽했으면 그런 문장을 지어냈을까 고개를 주억거렸어. 믿었던 노력의 배신으로 대충 살기로 결심했다는 『하마터면 열심히 살 뻔했다』의 저자. 그는 1년간 '대충' 살기 위해 6년째 다니던 회사에 사표내고는 '놀이'라는 생각으로 일러스트에 짤막한 생각을 붙여 인터넷에 올렸는데 '내 얘기 같다'는 댓글이 달리더니 한 달도 안 돼 출판 제의가 들어왔다는 거야. 몇 개월째 베스트셀러 자리를 지키고 있다지.

나는 두 딸에게 노력하라거나 최선을 다하라거나 공부하라고 한 적이 없다. 내가 원치 않는 걸 자식에게 기대할 순 없었다. 최선을 다하고 싶지 않았고 노력하고 싶지도 않았다. 최선을 다해 이루고 싶은 꿈도 없었던 터라, 되면 되는 대로 안 되면 안 되는 대로 형편 내에서 할 수 있는 만큼, 하고 싶은 만큼만 하면서 살아왔다. 공부나 취미 생활이나 경제활동까지 그러했다. 부모 노릇까지도, 대충! 너희 자매의 평(評)대로 방목하되 밥만 잘 챙겨주었지.

'자발성의 원리'에 따른 무의도적 교육이 좋은 거라 합리화하면서. 내가 해봐서 알겠는 건, 어떤 지향 없이 그때그때 마음 내키는 대로 하는 공부가 재미있더라는 정도다. 도서관은 혼자 놀기 좋은 놀이터이고 책은 싫증나지 않는 장난감. 최근에는 나를 이해하기 위하여 심리학이나 철학서들을 찾아 읽는다.

작년 어느 날 네가 그랬지. 다니는 회사가 연봉도 좋고 대학원 등록금까지 일부 지원해주는 등, 복지제도까지 잘 갖춘 좋은 회사니까 외국으로 나갈 생각 말고 평생 다니면 좋겠다는 게 언니의 의견인데 넌 그럴 생각이 없다고. 난 그랬지. 좋은 조건들이 오히려 덫이 될 수도 있으니 네 맘대로 하라고. 전공이나 직업 선택도 본인의 뜻대로 했고 중등부 시절, 중국 어학연수 때 처음 만나서 누나 동생으로 만나오다 사귀게 되었다며 결혼의 뜻을 비쳤을 때도 선뜻 그러라고 했다. 그동안 겪어보니 잘 만난 것 같아 안심이긴 하다. 선량하고 다정하며 생활의 잔재미를 즐길 줄 아는 좋은 배필. 보폭을 맞춰 도란도란 얘기하며 걷는 모습에도 매번 감동하는 건, 급할 것 없는데도 성큼성큼 20미터 거리쯤은 앞질러가는 네 아빠와 살아왔기 때문일 터. 그러니 산책도 따로 하지.

아빠는 동틀 무렵에 하루(개)랑 걷고 나는 해 질 녘에 혼자서 걷는다. 말 좀 하라고 다그치거나 내가 개보다도 못하냐고 툴툴거리며 종종걸음 치느니 각자의 속도대로 걷는 것이 차라리 편하더라고.

우리 치앙마이에 갈 날도 보름 앞으로 다가왔네. 신랑과의 휴가 일정이 맞지 않아 부득이하게(강조) 동반하게 되었지만 재미있게 놀다 올 생각이야. 영어와 중국어에 능통한 딸내미가 현지인들과 원활하게 소통하는 현장을 지켜보는 재미도 자유여행에서 누릴 수 있는 나의 특권.

치앙마이에서도 맛볼 은밀한 희열. 그런데 아직 아무 준비도 안 하고 있네. 출발 전날에나 허겁지겁 짐을 꾸리겠지. 예전에는 준비성 없고 즉흥적인 나를 자책하며 반성이라도 했는데 이제는 반성도 후회도 하지 않는다. 대충 살기 잘했다는 생각마저 든다. 생에 열성을 바쳤더라면 억울한 마음에 더 깊은 우울의 늪으로 빠져들었을지도 모를 일. 듣는 귀가 완전 먹통이 되어버렸을 때나 요즘처럼 몸 곳곳의 뼈마디가 아프고 저려올 때, 겨우 살만해지니 골병 들었다고 분통만 터뜨렸다면 식구들도 얼마나 불편했을까. 건강이 위협 받으니 삶에 대한 태도가 지극히 단순해졌네. 건강 외에는 바랄 게 없겠다는 마음으로 바라보니 사방팔방 감사할 일이 널려 있는 일상. 희망하지 않았기에 생각지도 않은 기쁨이 찾아오기도 하는 삶. 좋구나! 내년 하반기에 회사 그만두고 외국으로 나갈 예정이라 해서 그런가 보다 했는데 승진했다니 그 또한 의외의 기쁨이라 미소 머금은 채 하늘을 올려다보았어. 뭇별 총총한 밤이었지.

정은아, 편지마을에서 격년으로 발간하는 단행본 숙제로 쓰게 된 편지글. 하도 많은 말들이 더덕 넝쿨들처럼 뒤엉켜있는데 가닥가닥 풀어내 보려니 툭툭 끊어지기 일쑤, 제대로 표현되지 않는 갑갑함에 몇 시간이나 벌을 선 느낌이네.

치앙마이 여행길에서 허심탄회한 수다를 풀어보자꾸나. 다만 엄마의 마음으로 바라는 건, 맘과 몸이 상할 정도로 너무 애쓰지 말았으면 좋겠다는 것. 일에 치여 마음 보깨며 잠 설치고 피곤해 하니 안쓰러운데 해줄 건 별로 없어 밥이나 지어 먹이고 잘 자라고 소음 내지 않도록 조심하는 정도.

사랑하는 정은아! 영유아 시절 너의 무구한 눈빛과 표정, 일거수일투족이 엊그제인 듯 기억 속에 생생한데 어느새 서른 어른이 되어 '덜된 어른' 보호자 역할을 하고 있으니 유수 같다는 세월을 실감하겠네. 자랑스럽고 고마워. 어디에서 어떻게 살아가든 너의 삶을 응원할게.

신서방과 함께 재미있고 느긋하고 당당하게 살아가렴.

2019. 7. 20
엄마가

나는요? | 송정순

여주로 귀촌하여(4년 차) 자연이 베푸는 무궁한 혜택 속에서 안분지족의 낙을 제대로 누리고 있습니다. 햇살 아래 널어놓은 빨래들을 바라보며 뿌듯해하고 우람한 두 벚나무 허리에 매어 놓은 해먹에 누워 나부끼는 나뭇잎들 사이로 얼비치는 하늘을 올려다보는 것을 좋아하지요. 텃밭 쉼터에서 점심 먹고 커피를 음미하며 꽃 얘기, 작물 얘기하는 시간도 좋아해요. 일렬로 서 있는 글라디올러스가 시들어가니 나도 있다는 듯 다알리아꽃이 함빡 웃고 있네요. 아장걸음의 손주 손잡고 병아리 보여주러 닭장 앞으로 다가갈 때도 실실 웃지요. 자연인으로, 외할머니로 다시 받은 신생의 삶. 지금이 참 좋아요.

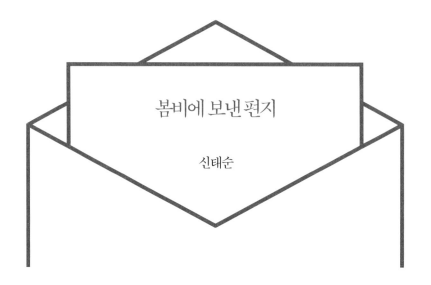

봄비에 보낸 편지

신태순

N님,

창밖에는 사붓사붓 봄비가 내리고 있습니다. 먼 산허리에는 비안개 자욱하게 산을 감싸고 있습니다. 어제는 저 산길마다 봄꽃들이 흐드러졌겠지만 오늘은 하루 종일 적막한 숲이 비에 젖어있겠지요. 누군가 봄비는 헤어진 옛 연인이 돌아올 것만 같다고, 혹은 그리운 사람을 그리워한다고도 합니다.

무심히 비에 젖는 창밖을 내다보고 있으려니 문득 그대가 생각납니다. 머나먼 내 푸른 날의 한 페이지를 열어보려니 너무나 까마득합니다. 덧없이 가버린 지난 삶을 돌아보며 그때 이후로 처음이자 마지막으로 편지를 쓰고 있습니다.

월남전이 막바지에 이른 1970년대의 어느 해인가 봅니다. 우연히 어느 여성 잡지의 펜팔난을 보고 이국의 전쟁터에서 싸우고 있을 그대와 펜팔 친구가 되었지요. 초등학교 5학년 때 쓴 장병 위문편지 답장을 받고는 무척 기뻐했던 기억 때문에 꼭 답장이 오리라 생각했지요. 그때의 내 스무 살 무렵은 편지쓰기를 좋아해서 서울로 유학 간 친구에게, 다른 지방에 취직한 친구에게, 또는 이웃집 새댁의 남편인 월남 파병군인에게 편지를 대필해주곤 했지요.

우리가 꽤 오랫동안 편지를 주고받다 보니 어느 날엔 편지 속에 사진도 동봉해주었지요. 흑백 사진 속의 그대는 늠름한 육군 장병의 모습이 무척 멋있어 보이기도 했습니다. 귀국하면 꼭 만나고 싶다고 하셨지요. 그러나 귀국을 몇 달 남겨놓은 어느 날부터는 편지가 더 이상 오지 않았습니다. 월남으로 보낸 나의 편지도 끝내 답장이 오지 않았습니다. 한동안 상심과 온갖 생각으로 잠 못 이루었습니다.

아, 그대는 영영 돌아오지 못한 것일까요. 총탄이 빗발치는 어느 전선에서 장렬히 산화한 것일까요. 아니면 큰 부상으로 병원에 오래 누워있었을까요. 이별의 말 한 마디 없이 그렇게 멀어졌습니다.

훗날, 한 묶음의 편지들은 불꽃으로 날려 보냈습니다. 그리고 그대의 기억도 지우리라 생각했습니다. 생각해 보면 우리의 인연은 거기까지였는가 봅니다. 사실 한 번도 만난 적이 없었으므로 그리 마음 아파할 추억도 없었지요. 순정한 가슴으로 주고받았던 글들은 젊은 가슴이 달뜨는, 그래서 밤늦도록 썼던 서로의 사유가 담겨 있었겠지요. 필체가 유려하고 문장력이 뛰어난 그대의 편지를 읽으면서 남몰래 그리움을 키웠던 것 같습니다. 그러나 사진으로만 보았던 얼굴이 지금은 아무리 생각하려 해도 떠오르지 않습니다. 그 햇볕 뜨거운 지독한 여름에 어느 산야에서 무슨 일이 있었는지 제게 알려주는 이가 없었을 뿐입니다. 어쩌면 곧 돌아올 것만 같은, 홀쩍 떠나버리고 없는 사람의 이야기를 너무도 오래 가슴에 묻어둔 까닭입니다.

N님,

창밖에는 아직도 봄비가 조용조용 내리고 있습니다. 창을 열고 빗소리를 듣습니다. 울타리에는 고혹의 빨간 장미가 비에 젖어 바람에 출렁거립니다. 벚꽃이 지면 장미가 피듯 세월은 또 그렇게 무심히 흘러가겠지요. 고즈넉하게 비에 젖는 창밖의 세상은 또 하루가 저물어 갑니다.

저문 날에 쓰는 답장 없는 편지를 저 봄비에 실어 보냅니다.

그러면 안녕!

빈센트 반 고흐님께
보내는 편지

신태순

　　어제 내린 봄비로 불어난 남강에는 푸른 물살로 출렁입니다. 5월
의 부드러운 바람과 눈부신 햇빛 속에 가로수 잎들은 초록이 더욱 빛납니다.
　　저는 지금 '빈센트 반 고흐 레플리카' 전이 있는 진주의 미술관에 와있습니
다. 오후의 미술관에는 엄마 따라온 초등학생부터 일반인까지 조용히 드나
들고 있습니다. 사실 여기 전시된 그림들은 진품이 아닌 모작으로서 그림들
을 특수한 재질로 프린트한 후 유명한 화가들이 유화물감으로 그 위에 덧칠
을 한 그림이라고 합니다. 그런데 조금도 어색하지 않고 너무 아름답습니다.
　　천천히 그림들을 둘러본 후 당신의 자화상 앞에 오래 서 있습니다. 여러 점
의 자화상 중 유독 이 얼굴을 보고 있으면 왜 슬퍼지는 걸까요. 고갱과의 다
툼 후에 스스로 귓불을 자르고 붕대를 싸맨 채 파이프를 입에 물고 무심하게
먼 시선을 주는 그 초록빛 눈이 그렇습니다. 붉은색 배경과 초록색 재킷의 강
렬한 색채도 왠지 마음을 아프게 합니다. 살면서 가장 괴롭고 고통에 찬 절망

을 경험했을 때 스스로 귀를 잘랐던 광기는 사라지고 차라리 저렇게 표정 없는 먼 눈빛으로 무엇을 말하려 할까요.

그 시기 아를의 주민들이 그토록 당신을 정신병원에 가두기를 원했다는 말을 듣고 스스로 생 레미 병원으로 가겠다고 했다지요. 그러나 아이러니하게도 그토록 당신을 내쳤던 아를은 당신으로 하여금 세계의 유명한 관광지가 되어 많은 여행객들이 찾아옵니다. 론 강가에서 그린 〈아를의 별이 빛나는 밤〉이 유명하다면, 〈밤의 카페 테라스〉의 노란 차일이 쳐진 카페는 100년이 훨씬 넘었어도 여전히 분주히 장사를 하고 있습니다. 강한 색채의 노란색과 회오리치는 강렬한 터치는 현대 미술 최고의 화가로 이름을 날리는 이유이기도 합니다.

그대의 길지 않은 일생은 실의와 번민으로 가득 찬 삶이었습니다. 끊임없이 자신을 괴롭히는 정신적 질환과 지독한 가난이었지만 화가가 되기로 결심한 후 10여 년 동안 누구보다 열정적인 화가의 길을 걸었습니다. 살아생전 그토록 팔리지 않는 그림들은 당신이 떠난 후에야 후기 인상주의의 위대한 화가로 인정받았으니 더욱 마음이 아픕니다.

오늘날 많은 사람들은 '영혼의 화가', '태양의 화가', '불멸의 화가'라고 합니다. 사실 불행하게 화가의 길을 걷다가 삶을 마감한 예술인이 어디 한두 명이겠습니까만 그 많은 사연과 고독과 가난과 질병과 싸우다 사라져 간 화가들을 다 알 수는 없지만 유독 당신을 생각하면 너무 불쌍합니다.

반 고흐님,

작년 여름에는 당신의 마지막 삶의 여정이었던 프랑스 오베르 쉬르 우아즈 마을을 다녀왔습니다. 우아즈 강물이 고요히 흐르는 고즈넉한 마을 곳곳은 당신이 열정으로 그렸던 그림의 배경이 고스란히 그대로 남아 있었습니다. 7월의 뙤약볕 속에 권총 자살로 생을 마감하기까지 세 들어 살았던 여관도 몇 차례 수리를 한 후 아래층은 카페로 영업을 하고 있었습니다. 짙은 푸른색으로 그렸던 오베르 교회도 마을 뒤 밀밭도 그대로 있었습니다. 그러나 교회는 수리 중이었으며 까마귀 떼가 까~악 대던 노란 밀밭은 추수가 끝난 텅 빈 들녘이었습니다. 마을 곳곳을 걸으며 보았던 풍경들과 이 그림들이 겹쳐지면서 감동이 밀려옵니다.

교회를 지나 야생화들이 반기는 한적한 오솔길을 오르다 보면 마을 공동묘지가 있습니다. 아, 그곳에 당신은 영원히 잠들어 있습니다. 아이비 덩굴이 무성하게 무덤을 덮고 있는 가운데 두 비석만이 이방인을 맞아줍니다. 영혼의 동반자 동생 테오와 나란히 잠들어 있습니다. 둘이 서로 주고받았던 편지를 저세상에서도 절절하게 쓰고 있을까요.

햇볕 쨍쨍한 여름 하오에 우리 일행은 숙연하게 묵념으로 당신을 추모합니다. 왠지 우리나라식으로 마른 포와 과일을 놓고 술 한 잔 따르고 싶었습니다.

오베르의 고즈넉한 풍경과 쓸쓸한 빈 밀밭의 정취를 남겨두고 우리는 그곳을 떠나야 했습니다. 내려오다 보니 조그만 마을 공원에는 철제로 된 당신의 전신상이 우뚝 서 있습니다. 등에는 화구들을 지고 먼 풍경을 바라보며 이제 곧 그곳으로 그림을 그리러 갈듯 서 있습니다.

지금은 가세 박사도, 가세 박사의 딸도, 여관집 주인도 없는 마을은 그러나 덧없이 가버린 시간 속에 오래도록 살아있는 공간은 여기 그대로 있습니다. 그 공간과 시간은 불운했던 한 화가의 삶이 역사 속으로 사라지는 것이 아니라 오늘날 많은 사람들의 마음에 살아있으니까요.

105
신태순

반 고흐님,

미술관을 나오려니 당신이 남긴 글들이 시선을 붙잡습니다. "나는 지루하게 살기보다는 차라리 열정으로 죽겠다." 또는 "모험할 용기를 갖고 있지 않다면 무엇이 인생이란 말인가?"를 마음에 새기며 읽습니다. 그렇습니다. 예술을 위하여 미치도록 열정으로 살다 간 그대를 생각하며 5월의 빨간 장미 한 다발을 가슴에 안겨 드리고 싶습니다.

그러면 안녕!

나는요? | 신태순

경남 창원시에 거주하고 있습니다.
1989년 '전국 어머니 편지쓰기' 대회에서 입상한 후 어느덧 30년이 되었습니다.
그때 맺은 선·후배의 인연으로 '편지마을'이 30년 동안 이어져 오고 있습니다.
2002년 수필로 등단하여 수필집 『겨울나비』『이마리에 내리는 비』가 있습니다.
경남문인협회, 경남수필문학회 회원으로 활동하고 있습니다.

완행열차 같은 겨울에

신혜숙

미연아,

꽃샘바람이 얼마나 차던지 엄마는 두꺼운 코트를 입고 광진문화예술회관으로 갔다. 우리 딸 추위에 잘 있니?

수없이 떠오르는 이야기!

눈이 시리도록 아름다운 이야기와 가슴을 움켜쥘 수밖에 없는 이야기를 술술 풀어내고 싶어 '수필창작 A반'에 공책 한 권 들고 갔다.

내 나이 60대 중반인데 바람 세기 따라 힘없이 몸이 휘청거리는 것을 보면서 불현듯 어린 시절이 생각난다. 오빠랑 한양대학교 근처를 걷는데 봄바람이 얼마나 세차게 불던지 "우리 혜숙이 날아가겠네." 하며 안아주시던 따뜻한 모습이 어제 일처럼 선명하다. 이제는 그게 생시인지 아님 꿈인지 알 수 없는 세월에 와 있구나.

엄마의 어린 시절은 아름다운 분홍색 꽃비처럼 찬란하고, 노란색 철쭉처럼 수줍기도 하다. 따뜻한 방에는 광목으로 뽀송뽀송한 이부자리와 머리맡에는 항상 콩가루같이 고소한 에비오제, 달콤한 생강 넣은 꿀, 맛있는 과자가 즐비했다.

그러나 난 기운이 없고 입맛도 없어 힘없이 바라보기만 했다.

바로 세 살 위인 언니는 "난 이담에 아기 낳으면 건강한 아기에게도 똑같이 맛있는 것 먹일 거야." 하면서 엄마를 무척 부러워했다.

유난히 날이 추울 때면 내 딸, 막내딸, 우리 똥강아지! 네가 더 보고 싶구나. 대나무 숲이 있다면 엄마는 스물한 바퀴를 돌며 네 이름을 불렀겠지.

미연아!

영하 40도가 되는 캐나다에서 사랑하는 신랑 한 사람을 믿고 새로운 세계를 향해 한 발자국 한 발자국 걸어가는 네게 그리움과 함께 믿음을 보낸다. 나보다도 더 생각이 넓고 사랑이 깊어 캐나다 사회에서도 인정받는 것을 볼 때 과연 엄마가 낳은 딸답다. 또한 국적도 인종도 다른데 손수 김치도 담그고 떡국도 끓이고, 만두 빚는 사위도 고맙다. 완행열차처럼 느리고 긴 겨울 동안 음악을 들으면서 운동, 책, 기타 연주, 혹은 맛있는 음식을 먹는 것도 겨울을 즐겁게 보내는 한 방법이겠다. 한 마디 불평 없이 추운 겨울을 보내는 네 모습이 정말 장하다. 오늘은 한 시간씩 운전하고 가서, 캐나다 어른들과 함께 기타 연주했다지? 네 이야기 속에는 항상 기쁨과 희망이 있어 엄마를 편하게 하는구나. 편지를 쓰는데 눈물이 방울방울 나와 안경을 흐려놓고 짓궂은 꼬마처럼 도망을 간다.

사랑하는 미연아!

엄마는 한 번도 '외국 사위 안 된다고 할 걸, 그래도 한국에서 살라고 할 걸….'

후회한 적은 없다. 예전부터 우리나라 교육 현실이 어린 학생들한테 너무 열악하다고 생각이 들었다.

내가 교단에서 정년퇴임 하면서 결론 내린 한 가지는 내 손주를 따뜻한 햇빛 속에 감사와 작은 행복을 느끼며 자유롭게 살게 하고 싶었다. 절박한 바람이었다.

초등학교 1학년 담임일 때다. 빼빼 마른 학생이 일찍 등교하여 책상에 엎드려 있더구나. "웬일이야. 여행 갔다 왔니?" "아니요, 시험이 얼마 안 남았다고 과외 선생님이 일요일도 오라고 했어요." 학부형에게 당장 전화해서 그런 과외 선생님께 학생을 맡기지 말라고 신신당부를 했지만 소용이 없었다. 공부의 즐거움을 알기 전에 공부하는 기계가 되어야 하는 교육 현실에 난 절망감을 느꼈다.

"학이시습지, 불역열호(學而時習之, 不亦說乎)?" 배우고 익히니 또한 즐겁지 않은가? 이런 옛말이 무색하여 우리 사회에 염증을 크게 느꼈다.

내가 아는 세상은 어린 학생들이 까르르 웃으며 운동장을 풍차처럼 빙빙 돌며 노는 세상이다. 까만 눈망울이 반짝거리며 익살스러운 장난으로 웃음꽃이 피는 세상이다. 캐나다에서는 가능하겠지? 벤쿠버나 토론토 같은 도시가 아닌 이상 어린이들의 추억이 보랏빛 포도송이처럼 달콤하겠지?

이 꿈을 붙잡고 캐나다로 너를 홀가분하게 보낼 수 있었다.

하지만 막내딸아,

하이얀 눈보라가 우리 집 베란다 창문에 휘몰아칠 때가 있었다. 나도 모르게 손가락을 깨물고 현관으로 뛰어나가지 않고는 배길 수가 없었다. 네가 완행열차처럼 느리고 긴 겨울에 갇혀 있는 듯 착각이 들었다. 얼른 가서 너를 안아주고 싶다. 몰아치는 눈보라는 내가 다 맞고 싶다. 얼른 네 손을 잡고 따듯한 너희 집에 가서 같이 연속극도 보고, 윷놀이도 하고 눈이 쌓인 넓은 뜰을 보면서 힘차게 찬송가도 부르고 싶다. 오늘 멀고 먼 캐나다에서 봄 전화를 받았다. 긴 겨울이 가고 그곳도 많이 따뜻해졌다지? 동물도 존중받고 인간도 더이상 자연 앞에 오만하지 않은 아름다운 그 땅을 생각한다. 이젠 엄마의 얼어붙은 심장도 고여 있던 그리움을 한 장씩 글을 쓰며 산벚꽃처럼 연분홍 꽃 피울 때가 있겠지.

사랑하는 딸, 또 만나자. 그때 너는 엄마의 엄마가 되고 나는 네 품에서 긴 잠을 자고 싶다. 기다려진다.

딸아, 안녕!

2019년 3월 14일
울보 엄마 쓰다

겨울이 가도 또 겨울은 오는데

10년 후 나에게 편지쓰기

신혜숙

사랑하는 혜숙에게

한 번도 십 년 후의 내 자신을 생각해 본 적이 없다. 시부모님을 모시고 사는 삶이 귀하기도 하고 하나님이 주신 가정사역의 과제라고 생각해서 하루하루를 즐겁게 살려고 노력했기 때문이다.

십 년 후는 칠십 대 중반, 어쩜 벌써 세상을 떠났을지도 모르겠구나. 한낱 흙이 되어 누워 있으니 세상이 얼마나 작고 보잘것없는 우물인지 조금이나마 깨달았을 게다. 네 삶을 올바르고 행복하게 지속할 수 있었던 것은 다만 한 가지, 예수 신앙이었다. 세상에 이름을 남기기보다는 바람 속에 흩어지는 흙이 되기를 바랐기에 빈주먹으로 떠난 세상은 도리어 홀가분할 것 같다.

가장 너를 칭찬해주고 싶은 것은 파킨슨 증후군으로 머리와 몸이 많이 흔

들려도 기독교 신앙이 흔들리지 않고 도리어 병을 주신 하나님께 감사한 일이다.

병이 있기에 겸손해지고 세상을 넓고 깊게 바라볼 수 있어서 정말 다행이라고 남편에게 이야기했지. 그 말을 들은 그는 깜짝 놀라 "정말이야?" 하고 물었다. 아마 너를 사랑했던 네 남편도 그 말을 믿기는 참 어려웠었다. 하지만 네가 병을 얻은 것은 좀 더 겸손하고 약자를 너그럽게 이해하라는 하나님의 뜻으로 받아들여 어려운 세상을 헤쳐 나간 것은 참으로 다행이라고 생각한다. 이십 대 중반에 시집을 와서 어린 동생같이 철없던 남편을 대학교 일학년부터 박사를 만들기까지 끝없는 뒷바라지도 쉬운 일은 아니었다. 하지만 더 장한 일은 네가 공부한 거다.

중학교 이학년 때 우연히 부모님이 "막내 혜숙이 등록금을 댈 수 없겠다"고 말씀하시는 걸 들었다. 뒷산에 가서 눈이 빨개지도록 울고 내려와서 부모님의 측은지심으로 간신히 진학을 했다. 그때부터 계속 등록금 걱정하며 고등학교를 마치고 교대를 갔지. 그래서 네 소원은 등록금 걱정 안 하고 학교 다니는 게 꿈이라고 했는데 그 소원을 이뤄서 정말 고맙다.

소나무향을 맡으며 지나가는 연인들의 웃음소리를 듣고 누워 있다만 네가 생활이 어렵다고 공부를 안 하고 돈만 벌다가 생을 마쳤다면 결코 불쌍하다고 말하지 않고 비겁하다고 말했을 것이다. 가난해서 빈 배를 물로 채우고 종로 오가에서 삼선교 달동네까지 걸어 다니며 차비를 아껴도 공부를 포기하지 않았던 것은, 솔향기를 두 손으로 모아 정성껏 줄 만큼 장하기만 하다. 중년에 하루 세끼 시부모님 식사를 차리는 시집살이 속에서 지친 몸을 곤추세우며, 대학원을 마치고 십 년 만에 밤새 논문을 쓰고 석사학위를 받은 것도 배움의 끈을 놓지 않은 인내의 열매였다.

그래, 혜숙아. 세상에 미련은 없니? 아니 있을 것 같다. 아름답고 예쁜 말은 복주머니에 꼭꼭 숨기고 통통 생각 없이 뱉은 말 때문에. 앞으로의 너, 지난 날의 네가 아닌 지금 행동하고 말하는 네가 바로 너라는 말을 중용에서 배운 것 같다. 얼마나 신중하게 말하고 행동했는가를 생각할 때 혼자 있으면 조금은 부끄러웠던 것 같애. 그리고 네 소원은 불우한 초등학교 학생을 대학교까지 보이지 않게 후원해 주는 것이었는데 그 꿈은 제대로 이루었니? 그 꿈조차 이루기는 쉽지 않던 것을 느낀다. 꿈은 꾸라고 있는 것이 아니라 이루라고 있는 것인데 만약 네가 십 년 전으로 돌아간다면 정신을 차려 꿈을 이룰 수 있을까? 교직에 있는 후배들을 찾아가서 학생들을 소개받아 조금씩 관심을 보여주면 아주 좋을 것 같다.

시부모를 모셨던 육십 대의 인생이 힘에 겨워 겨울이라면 십 년이 지난 지금 이웃 사람들은 흙이 된 나를 인생의 사계절 중 다시 겨울이라고 하겠지.
겨울이 가고 또 겨울은 오는데 크리스마스 때쯤 피어나는 게발선인장의 빨간 초롱꽃은 무척 아름답지 않니? 겨울이 쓸쓸하지만은 않아. 아름답다. 하지만 흙이 되어 솔향이 가득한 곳에 누워 있으니 이제는 눈꺼풀을 간신히 비비고 일어나는 앳된 새순이 그리워서 봄이 기다려진다.
항상 부드럽고 아름답던 남편의 눈동자와 목소리가 그립다. 익살스러운 딸들의 웃음소리가 그립다. 그리고 사위들과 손주들의 재롱이 그립다.
가족들의 웃음소리는 솔바람에 묻혀 들리고, 사랑스럽던 모습은 떠오르는 햇빛 속에 어른거린다. 살아 있을 때 내 뼈와 살과 피와 땀을 바쳐 섬기고 사랑하였기에 죽어서 여한이 없다.

남편은 음식을 잘해서 건강하고, 젊어서 힘들게 지고 가던 부모와 가족의 짐을 내려놓고 여행을 다니는 것을 보니 흐뭇하다. 그리고 우리 딸들은 어렵지만 시부모께 잘하고 남편을 이해하며 자식을 사랑하기에 흡족하다. 우리 가족은 넉넉한 삶 속에 자기 가족만 생각하는 것이 아니라 이웃과 나라를 생각하며 살아 자랑스럽다.

오늘도 엄마가 출판한 『삼대 글쓰기』 책을 보는구나. 그렇지. 그 책엔 외할머니와 엄마와 큰딸이 쓴 글이 들어 있으니 오래되어서 좀 짭조름할 게다.

딸들의 명랑한 목소리가 들린다.

"울 엄마는 참 행복하고 열심히 사셨어."

2019년 5월 31일
신혜숙 쓰다

나는요? | 신혜숙

1955년 서울 성동구 왕십리에서 태어나서 초등학교 교사로 퇴직했습니다. 취미는 일기와 편지 쓰는 것이며, 시부모님을 모시고 다섯 식구 살림을 하는 주부입니다. 아직 등단을 하지 않았고 1992년 <전국주부편지쓰기대회>에서 동상, 대통령기 제24회 <국민독서경진 서천군 예선대회> 일반부에서 최우수를 비롯해 다수 입상했습니다.

서른 살, 편지마을에서 띄웁니다

딸 같은 예비 며느리 지현이에게

심미성

엄마에게는 아들만 둘이 있어서 딸 같은 며느리라고 생각하는데 지인들이 그러더라. 며느리가 딸이 될 수는 없다고.

꽃샘추위가 한차례 지나가는 날 상견례 했었지. 지현이와 우리 식구들은 몇 번 봤으니 초면은 아니었지만, 양가 가족들은 초면이었어.

그날의 우리 며느리 지현이는 너무도 화사하고 예쁘더란다. 연한 아이보리 색깔의 원피스에 뽀얀 피부가 앙증맞기까지 하였어. 어색한 자리지만 양가 가족들은 맛있게 식사도 하고 약속이나 한 듯 양가가 준비한 선물을 주고받기도 하였어. 양가 부모들은 아직 어리다고 여기던 아들, 딸이 결혼을 하겠다고 하니 걱정스럽고 염려스러운 것이 공통화제였어. 백발의 부모도 칠십 넘은 아들을 두고 늘 걱정으로 한숨을 쉬는 것이 현실이니 부모들은 너희 둘을 얼마나 어리고 걱정스러워하겠니? 부모란 그렇단다.

희준이 친구가 일주일 출장을 간다고 잠시 우리 집에 맡긴 포메라니안종의 애견을 몇 번 보지도 않았는데 예뻐하더니 그 강아지가 650그램의 몸무게로 1키로그램의 금속을 삼켰으니 산다는 것은 알 수 없는 일이었지. 병원에서 너무 어린 강아지라 수술도 할 수 없고 설령 수술을 해도 마취에서 깨어나지를 못하여 80퍼센트는 죽을 거라고 하였어. 안락사를 권유받았다고 들었어.

지현이는 너무 불쌍하다고 그 자리에서 남의 강아지이지만 최선을 다할 거라고 수술을 맡겼는데 선뜻 그런 결정을 하기도 어려운데 참으로 감동이었어.

이틀을 꼬박 지켜보고 있다가 사흘째 되는 날에야 겨우 물 한 모금을 마셨다지. 열흘을 동물병원에서 치료와 경과를 지켜보는데 지현이는 출퇴근하면서 하루도 빠지지 않고 병원에 들렀다고 들었어. 사람이 병원에 입원해도 그토록 지극정성일 수가 없는데 하물며 남의 강아지를 그 모습에 엄마는 또 한번 감동을 받았단다. 비록 강아지를 좋아하지 않는 나였지만 어딘가 모르게 아픈 강아지를 보니 불쌍하기도 하고 측은하였는데 지현이의 모습에서 더 짠하다는 생각을 하게 되었단다.

요즈음 어린 새 생명도 낳아만 놓고 책임감 없이 버리는 것을 아무런 죄책감 없이 행하는 이도 간혹 있는데 하물며 강아지는 아프면 돈이 많이 들고 형편이 안 된다는 이유 하나만으로 버리는 것이 허다하다고 들었어. 동물을 사랑하고 아끼는 사람 치고 악한 사람이 없다고 엄마 친구가 그러더라.

지현아! 엄마는 그래. 동물이든 사람이든 정을 주고 키울 때는 끝까지 책임을 다할 줄 알아야 된다고 생각해. 살다 보면 늘 꽃길만 있는 것이 아니기에 어려움이 생기고 뜻하지 않는 일이 생기더라도 책임감을 가지고 행동할 수 있는 사람이어야 된다고 본단다.

예쁜 예비 며느리 지현아!

내 아들이라서가 아니라 희준이 심성은 착하단다. 한 번은 중학교 친구가 술값이 없다고 불러내어 친구 술값 내어주고 그 친구가 한겨울 맨발에 슬리퍼를 신고 있더래. 얼마나 춥겠나 싶어 자신의 양말과 운동화를 벗어 주고는 맨발로 왔더구나. 또 한 번은 버스정류장 육교 밑에서 나물을 파는 할머니가 불쌍해 보인다고 그 나물을 다 팔아줘야 할머니가 집에 간다고 모두 사 가지고 집에 왔는데 나물은 정작 시들어서 먹지도 못하고 버려야 될 지경이더란다.

지현아! 비록 모아둔 돈이나 재물은 현재 없지만 그래도 신체 건강하고 남에게 해를 끼칠 아이가 아니라는 것은 내가 확신하니 둘이서 의논하여 잘 살기 바란다. 한 가지 안타까운 것은 어릴 때부터 직장 다니는 부모로 인하여 아들이 혼자 생활하고 혼자 해결하다 보니 아르바이트를 많이 하여 돈의 사용법을 정확하게 가르치지를 못하였단다. 버는 자랑보다 쓰는 씀씀이를 올바르게 가르치지를 못했구나.

각자의 다른 환경과 다른 문화에서 생활을 하다 한 가정을 이루는 것이니 모르긴 해도 서로 맞지 않는 부분이 분명 있을 거다. 돈의 필요성과 쓰임새도 너에게 부탁하마. 잘 이끌어주길 바란단다. 엄마가 하지 못한 일을 며느리에게 떠맡기는 꼴이 되었구나.

쇠똥구리가 바라고 원하는 것은 옥구슬도 여의주도 아니라 오직 자신이 굴리기에 감당할 수 있는 만큼의 쇠똥이라고 하더구나. 한탕주의를 버리고 한 푼 두 푼 모아서 큰 살림을 이루는 재미도 함께 느끼도록 하렴. 부탁하네.

자식은 종종 부모를 '우산' 취급한다고 들었어. 화창한 날은 불편해하고, 궂은 날은 그 밑에 몸을 숨긴단다. 어미로서 얘기를 하면 이제야 다 큰 자식에게 간섭이니 잔소리니 할 테니 지현이가 살살 타이르고 알려주면 아마 좋아하면서 따라 줄 거야.

엄마는 믿는단다. 혹여 그 과정에서 힘든 일이나 풀리지 않는 일이 생기면 언제든 이야기해주고 의논 상대로 말해주렴.

줄은 넘어야 줄넘기지, 넘지 않으면 그냥 줄에 불과하단다. 삶은 무수한 줄이다. 넘어야 살고 그 줄로써 행복도 엮는단다.

이제 인생의 첫발을 내딛는 발걸음에 앞서 두려워하지 말고 우리 함께 어떠한 줄이라도 손잡고 같이 넘어 보자꾸나. 잘 넘고 잘 살기를 바란다.

우리 며느리 고맙고 사랑한다. 아주 많이.

2019. 05. 28.
예비 시어머니가 지현이에게 보냄

나는요? | 심미성

63년생 토끼띠로 대구에 산답니다.
작은아들과 남편이 환경미화원으로 대구의 거리를 책임지는 반면 저는 25년이나 대구 택시회사에서 택시의 발전에 몸을 담고 있습니다.
유일한 모임이자 취미인 글쓰기로 편지마을 회원이 된 지도 20년이 넘었네요.
문학의 친정인 편지마을 덕분에 글쓰기 수상도 많이 했고, 자랑거리도 많습니다. 편지마을을 생각하면 참으로 포근하고 따뜻합니다. 부드러워지고 자신감 생기고 마냥 행복합니다. 사랑합니다. 근로문예 백일장 수필 대상, 우정 사업본부 편지쓰기 대회 동상, 달구벌 백일장 대상, 주부백일장 장원, 차상, 한국노총 문예대잔치 수필 동상 등 다수 수상했습니다.

아버님, 어머님께 드리는 러브레터

양은주

아버님, 어머님! 갑작스럽게 건네 드리는 책에 의아해하실 것 같지만 그 안에 또 이런 편지가 있어서 더 놀라시진 않았는지 모르겠어요. 편지를 쓴 게 오래된 거 같아 손 편지를 써서 드릴까 하다가 좋은 기회에 편지를 책으로 남길 수 있게 되어 이렇게 글로써 마음을 전합니다.

재아 아빠와 재아 그리고 길거리에 모든 것조차 잠든 듯 조용한 밤이에요. 어두운 밤이지만 오랜만에 아버님, 어머님을 처음 뵌 순간부터 지난주에 뵈었던 것까지 떠올려보며 잠시 옛날 생각에 잠겨보고 있어요.

몇 년 전 다 같이 하와이, 제주도로 여행을 갔던 특별한 추억부터 아버님, 어머님 댁에서 점심을 먹던 평범한 날의 기억까지, 머릿속에서 환한 불빛이 켜지는 듯 많은 일들이 불과 얼마 전처럼 선명하게 떠오르고 있습니다.

벌써 8년여 전이지만 처음 아버님, 어머님께 인사드렸던 날이 또렷하게 기억이 납니다. 조금은 쌀쌀했던 그 날, 추운 날씨 때문이었을지 아니면 긴장했던 마음 때문이었을지, 겨울 코트를 고르느라 떨리는 손으로 한참을 고민하였어요. 식당에 앉아서 아버님, 어머님께서 도착하시기를 기다리며 심장이 쿵쿵 뛰던 것까지 또렷하게 떠오르네요. 아버님, 어머님을 뵌 순간 교장 선생님이시던 아버님의 강직하고 인자하신 모습과 '우리 엄마는 정말 미인이셔.'라며 늘 재아 아빠가 어머님 자랑하던 말이 틀리지 않았음을 바로 느낄 수 있었어요.

얼마 전 아버님, 어머님께서 몇 년 전 사진을 보여 주시며 예전 모습같지 않다고 하셨지만 전 아버님, 어머님의 첫인상이 인자하시고 세련된 아름다운 모습을 지니고 계신 그때 그 느낌을 지금도 간직하고 있습니다.

2019년도 절반 가까이 지나가고 있어요. 지난 시간을 돌아보면 올해에는 특히나 좋은 일들이 많이 생겼어요. 재아 아빠의 승진도 있었고, 저는 아버님, 어머님 덕분에 다시 시작한 공부도 무사히 잘 마치게 되었습니다.

무엇보다 저희 가정에 새로운 식구의 탄생도 맞이하게 되었으니 저희에게는 더할 나위 없이 기쁜 일들이 많이 생긴 한 해가 되었어요. 이 모든 것들이 늘 저희 내외를 믿어주시고 저희가 하는 일을 지지해 주신 아버님, 어머님 덕분이기에 하나하나 아버님, 어머님께 감사한 마음이에요. 이렇게 다시금 이런저런 일들을 떠올려보며 아버님, 어머님께서 베풀어 주셨던 모든 것들을 마음속 깊이 하나씩 새기고 있습니다.

아버님, 전 여전히 친정아버지의 발인 날 조용히 뒤에서 아버지가 떠나는 모습을 지켜봐 주시던 아버님의 모습을 기억하고 있어요. 아무 말씀 없이 바라봐주시는 눈빛만으로도 제겐 너무나도 큰 위안이 되었다는 걸, 4년이 지난 이제야 말씀드리네요. 아마 아버지도 아버님의 배웅을 받으시며 평안하게 떠나셨을 거라 믿어요. 그날 그렇게 뒤에서 제게 힘을 주시던 것처럼 아버님께서는 지금도 제게 큰 힘을 주시는 분이세요. 아버님께서는 제가 기댈 수 있는 기둥이자 늘 제가 하는 일을 지지해 주고 계시기에 아버님의 말씀과 행동 모두가 제게는 큰 힘이 되고 있어요. 그런 아버님을 이제는 저희가 더 챙겨드려야 하는데 어린아이처럼 여전히 한없이 기대고만 있네요.

어머님, 인터넷에 시어머니와 며느리에 대한 글들이 올라오면 저도 모르게 읽게 되는 게 저도 어쩔 수 없는 며느리인가 봐요. 재미 삼아 보는 글 속에서 며느리에게는 찬밥을 주고 고기는 아들에게만 준다는 푸념을 보며 그저 웃을 수 있는 것은 아들들보다 며느리들을 먼저 챙겨주시는 어머님 덕분이에요. 매번 따뜻한 밥과 푸짐한 반찬을 차려주시며 제가 잘 먹은 반찬을 기억하시곤 집에 갈 때 어느새 두 손 가득 싸주시기도 하셨어요. 제가 좋아한다고 초콜릿 파우더도 떨어질세라 늘 찬장에 넣어두시기도 하고 여행가셔도 아들들 선물보다는 며느리들 선물을 가득 사오셔서 재아 아빠가 투덜거리기도 하지요.

친정어머니께도 살갑지 않은 딸이기에 어머님께도 무뚝뚝한 며느리였지만 사실 밖에서는 이런 어머님 자랑을 많이 하고 다니는 조금은 푼수 같은 며느리랍니다. 어머님께서 베풀어 주시는 이런 모습을 제가 감히 따라갈 수 있을까요. 여전히 늘 받기만 하는 모습만 보여드리고 있는 것 같다는 생각이 들어요.

차곡차곡 시간이 쌓이면서 하루하루를 바쁘게 지내고 무엇보다 그동안 아이들도 태어나면서 북적북적해진 것만 생각해왔던 거 같아요. 부모가 되고 나니 부모님의 감사함을 더 크게 느끼고 있지만 마음과는 달리 제 아이를 챙기는 일부터 먼저 하게 되어 부모님을 챙겨드리는 일에 소홀해졌던 것은 아닌가 하는 생각이 듭니다. 재아가 저희만큼 자랐을 때, 저희가 지금의 아버님, 어머님과 같을 때가 돼서야 부모님의 소중함을 느끼게 되는 건 아닐지. 요즘 들어 특히나 지나가 버리는 이 시간들을 붙잡고 싶은 생각이 많이 들고 있어요.

저희가 갚을 시간도 주지 않으시고 매번 더 많은 것을 주셔서 일까요. 감사하다는 말이 너무나도 부족하다는 것을 느끼고 있습니다. 그래서인지 행여나 받는 것을 당연하게 생각하고 있다고 보이는 게 아닐지 걱정도 되기도 해요.

아버님, 어머님과 함께한 일들을 되새겨보며 늘 마음은 더 잘 해야지 하는 마음이지만, 시간이 그렇게 기다려주지 않는다는 걸 알면서도 지나가면 후회가 들기도 합니다. 정말 소중한 것은 곁에 있어도 그 소중함을 잘 느끼지 못할 때가 많았어요. 지금도 늦지 않았다는 생각에 이렇게 편지로나마 아버님, 어머님께 감사함을 전해드리고 싶습니다.

아버님, 어머님! 무엇보다 지금처럼 건강하신 모습으로 저희 곁에 있어 주세요. 부지런히 아버님, 어머님의 모습을 닮아가고 따라갈 수 있도록 저희 역시 지금보다도 더 나은 모습을 보여드리겠습니다.

늘 그 자리에서 저희를 위해 기도해주시고 돌봐주고 계셨던 아버님, 어머님처럼 저희 역시 이 자리에서 아버님, 어머님께 받은 감사함을 하나씩 갚으며 더 많은 추억들을 쌓게 해드리고 싶어요.

제 러브레터는 아버님, 어머님을 생각하는 제 마음과 함께 아버님의 2층 서재 한켠에서 간직되었으면 좋겠어요.

마음으로나마 늘 아버님, 어머님을 지켜드리며 함께하고 싶어요.

아버님, 어머님 존경하고 사랑합니다.

2019년 5월 마지막 날
아버님, 어머님을 존경하고 사랑하는 며느리 은주 올림

나는요? | 양은주

1983년 서울 출생으로 서울시 광진구에 거주하고 있습니다. 어릴 때부터 사소한 것들도 끄적거리며 어디엔가 남기는 것을 좋아하였습니다. 이제는 잊고 싶지 않은 것들, 잊지 말아야 할 것들을 글로 남기고 싶어 수필창작을 시작하였습니다.

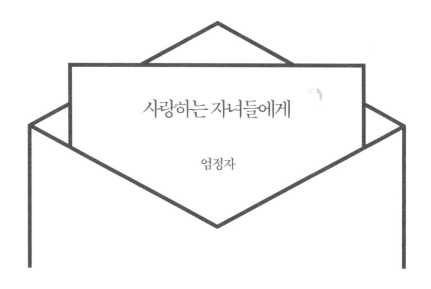

사랑하는 자녀들에게

엄정자

결혼은 격(格)이 맞는 사람과 하는 것이 아니고 결이 같은 사람이 하는 것이다. 그래서 격혼이 아니고 결혼이란다.

창2:18 하나님께서 사람을 창조하시고 말씀하시기를 사람이 독처하는 것이 좋지 아니하니 내가 그를 위하여 돕는 배필을 지으리라

창2:21 하나님이 아담을 깊이 잠들게 하시니 잠들매 그가 그 갈빗대 하나를 취하고 살로 대신 채우시고
22 아담에게서 취하신 갈빗대로 여자를 만드시고 그를 아담에게로 이끌어 오시니
23 아담이 가로되 이는 내 뼈 중의 뼈요 살 중의 살이라 이것을 남자에게서 취하였은 즉 여자라 칭하리라 하니라
24 이러므로 남자가 부모를 떠나 그 아내와 연합하여 둘이 한몸을 이룰지로다.

25 아담과 그 아내 두사람이 벌거벗었으나 부끄러워 아니하니라

엡5:22 아내들이여 자기 남편에게 복종하기를 주께 하듯 하라.
23 이는 남편의 아내의 머리됨이 그리스도께서 교회의 머리됨과 같음이니 그가 바로 몸의 구주시니라.
24 그러므로 교회가 그리스도에게 하듯 아내들도 범사에 자기 남편에게 복종할지니라.
25 남편들아 아내 사랑하기를 그리스도께서 교회를 사랑하시고 그 교회를 위하여 자신을 주심같이 하라.
26 이는 곧 물로 씻어 말씀으로 깨끗하게 하사 거룩하게 하시고
27 자기 앞에 영광스러운 교회로 세우사 티나 주름 잡힌것이나 이런 것들이 없이 거룩하고 흠이 없게 하려 하심이라
28 이와 같이 남편들도 자기 아내 사랑하기를 자기 자신과 같이 할지니 자기 아내를 사랑하는 자는 자기를 사랑하는 것이라.
29 누구든지 언제나 자기 육체를 미워하지 않고 오직 양육하여 보호하기를 그리스도께서 교회에게 함과 같이 하나니
30 우리는 그 몸의 지체임이라
31 그러므로 사람이 부모를 떠나 그의 아내와 합하여 그 둘이 한 육체가 될지니
32 이 비밀이 크도다. 나는 그리스도와 교회에 대하여 말하노라.
33 그러나 너희도 각각 자기 아내 사랑하기를 자신같이 하고 아내도 자기 남편을 존경하라.

부모와 자녀 – 새찬송가 575장

엡6:1 자녀들아 주 안에서 너희 부모에게 순종하라 이것이 옳으니라

2 네 아버지와 어머니를 공경하라 이것은 약속이 있는 첫 계명이니

3 이로써 네가 잘되고 땅에서 장수하리라

4 아비들아 너희 자녀를 노엽게 하지 말고 오직 주의 교훈과 훈계로 양육하라 (주의 말씀으로 매일의 삶 속에서 옳은 일과 그릇된 일을 분별하도록 훈련시켜야 한다. 하지만 이같은 훈련은 꾸준한 사랑과 관심과 인내와 용서 속에서 이루어져야 한다(신명기 6:6-7)

종과 상전

5 종들아 두려워하고 떨며 성실한 마음으로 육체의 상전에게 순종하기를 그리스도께 하듯 하라

6 눈가림만 하여 사람을 기쁘게 하는 자처럼 하지 말고 그리스도의 종처럼 마음으로 하나님의 뜻을 행하고

7 기쁜 마음으로 섬기기를 주께 하듯 하고 사람들에게 하듯 하지 말라.

8 이는 각 사람이 무슨 선을 행하든지 종이나 자유인이나 주께로부터 그대로 받을 줄을 앎이라.

9 상전들아 너희도 그들에게 이와 같이 하고 위협을 그치라 이는 그들과 너희의 상전이 하늘에 계시고 그에게는 사람을 외모로 취하는 일이 없는 줄 너희가 앎이라.

마귀를 대적하는 싸움

10 끝으로 너희가 주안에서와 그 힘의 능력으로 강건하여지고

11 마귀의 간계를 대적하기 위하여 하나님의 전신 갑주를 입으라

* 세월을 아끼라 때가 악하니라(엡 5:16)

그러므로 어리석은 자가 되지말고 오직 주의 뜻이 무엇인가 이해하라

(엡 5:17)

항상 기뻐하라

쉬지 말고 기도하라

범사에 감사하라

이는 그리스도 예수안에서 너희를 향하신 하나님의 뜻이니라

(데살로니가전서 5:16 ~ 18)

우리 주 예수 그리스도의 은혜가 너희들에게 항상 충만하기를 기도한다.
* 어렸을 때 직장 다니답시고 너희들을 잘 보살피지 못한 것에 대한 서운한 점들 이해하고 잊어버리고 행복하게 살기를 바란다. 미안하고 사랑한다.

2019년 6월에
부족한 엄마가

나는요? | 엄정자

편지마을 창립 회원이구요.

원고 모을 때마다 늦장 부려서 실무진들의 애를 태워서 이번엔 안 그래야지 다짐을 했는데도 또 마감 때까지 기다리게 했네요. 죄송합니다. 2005년 12월에 『아동문학』으로 등단했구요, 색소폰과 오카리나로 교도소 요양원등에서 봉사(찬양공연)하면서 주님의 은혜를 항상 느끼면서 감사하면서 살고 있습니다.

2남 1녀가 모두 결혼해서 엄마의 짐을 가볍게 해주었어요.

손녀가 작년에 태어나 공식적인 할머니가 되었어요. 남편은 목회자로 평생 사역하시다가 하나님의 부름을 받고 2010년도에 본향으로 돌아가셨어요.

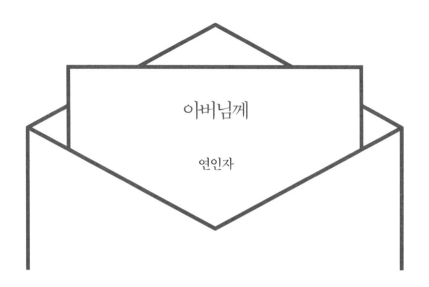

아버님께

연인자

무더위가 기승을 부리는 칠월이네요.

전국이 장마철에 접어들어 다른 곳은 고삐 풀린 망아지처럼 소나기가 여기저기 뛰어다니며 물을 뿌리던데 인천은 사흘 굶은 누구의 낯빛처럼 하늘 가득 심통을 물고 있으면서 비는 내리지 않아 무덥긴 했지만 덕분에 어제는 우산도 양산도 없이 단출하게 병원을 다녀왔네요.

어제 갔던 병원 원장이 함께 들어선 아버님과 저를 보고

"오늘은 따님과 함께 왔네요?"라고 하니 아버님은

"아니래요. 며느리래요." 하셔서 한바탕 웃고 진료를 시작했지요.

원장님이 아버님 넉살을 더듬어 보려 무슨 대답이 나올까 하고 놀투를 던졌나 봐요.

몇 해 전까지도 옹근 남편으로, 아버지로, 당당한 직장인으로 잘 살아오신 당신 머릿속에 못된 지우개도깨비가 들어가 막심으로 기억을 지워버리고 있으니 어찌할까요.

60년이 넘게 마주 보고 살아온 댓님인 어머님께 형수라고 하면서 겨우 38년짜리 며느리는 어떻게 잊지 않으셨나요. 놀라운 것은 또 있지요. 식사 전에 올리는 기도를 부탁하면 때와 장소에 따라 그 상황에 맞게 감사의 기도를 완벽하게 하시어 그 순간만큼은 지우개도깨비가 멀리 사라진 것 같았었어요.

　시나브로 심해지는 지우개도깨비의 장난에 세상사 다 잊어버리고 아리까리한 바끝도 없으니 아버님의 육끈은 훤해지는 반면 그런 당신을 바라보는 어머님은 개개비처럼 작아지시니 육타는 이 심정 어이 할까요.

　올 휴가 땐 아버지와 함께 영월에 있는 아버님의 옛살라비를 찾아가 볼까 해요. 동강을 건너 아버님이 사시던 작은 마차, 거운리 동네 가면 아직도 개구리들의 모뽀리를 들을 수 있을까요?

　아버님, 더 이상 못된 지우개도깨비 장단에 미약해지지 말고 어련듯 살아가시면 안 될까요. 지금 이 바투를 잊어버리고 30년 전으로 돌아가 옛새김을 하시면서 살아가셔도 괜찮아요.

　제가 바라는 것은 이것뿐이랍니다. 그냥 지금처럼만 제가 당신 며느리인 것만 기억하시면 돼요.

2019년 7월
아버님도 저도 남은 생의 가장 젊은 날에 며느리가 보냅니다.

나는요? | 연인자

인천에 살지만 글 텃밭을 가꾸게 하고 텃밭의 빈 이랑에 문학의 씨앗을 심어 준 편지마을은 제 문학의 고향입니다.
책으로 울타리를 쳐 놓으니 갱년기가 집적대도 끄떡없네요. 오전엔 동화구연과 공예 봉사로, 오후엔 직장으로 하루가 바쁘지만 감사합니다.

천국으로 띄우는 편지

유정숙

　　편지마을 소식을 뒤늦게 듣고 참여하는 마음으로 필을 들었는데 어느 가닥을 짚어 실마리를 풀어야 할지…. 너무 오랜만에 글을 쓰니 영 ~ 가닥이 잡히질 않습니다.

　　지난봄, 서방님이 형님 계신 곳에 가자 하여 동서와 '메모리얼 파크'를 찾았습니다. 그곳엔 아름다운 꽃들과 새소리, 솟구쳐 오르는 분수가 있어서 방문 가족을 위로하는 듯 편안함을 느끼게 해주었습니다.

　　휴게실 옆 전시실에서 전시하는 글을 감상하면서 글쓴이의 표정과 그 마음을 살펴보았습니다. 나도 그들과 동병상련의 마음으로 동참하면서, 건널 수 없는 강을 사이에 두고 헤어져야만 했던 슬픈 사연들에 어찌나 마음이 아프던지요.

　　피붙이들을 잃은 저마다의 애절한 순간들, 투병하며 완쾌를 기대했던 일들이 절망 속에 놓인 절절한 사연, 구구절절 안타까운 심정들과 공감하는 사이 눈앞에 덮이던 안개는 이내 눈물이 되어 흘렀습니다. 늙어 헤어진 어느 노인의 글에서 우리의 모습을 보는 듯하여 많은 생각에 잠겨 있었습니다.

아주 옛날 일이지만 말로 표현이 안 될 만큼 어렵던 시절, 당신의 직장 따라 지방에서 곁방살이를 했었지요. 형편이 조금 나아져 처음 셋방 얻어 이사하던 날이 떠오릅니다. 당신은 리어카에 짐을 싣고 저는 포대기로 큰애를 둘러업고, 끌고 밀고 했습니다. 시골길이 하도 협소하고 언덕이 가팔라 흙 속에 리어카 바퀴가 빠져 갖은 고생을 해도 최씨 부인 눈치 안 보고 살 수 있는 것만 좋았던 저는 칭얼대는 어린 것 젖줄 생각도 미처 못 하고 짐을 옮겼더랬습니다. 그때 일이 왜 지금 생각이 나는지 당신은 모르실 겁니다.

젊음이 얼마나 좋은 것인지⋯. 그래도 늘 이기며 살 것 같은 희망은 마음속에 다발로 들어있던 시절이었습니다. 삶의 의미가 뭔지도 모르면서도 어려운 삶을 벗어 보려는 꿈은 늘 있었으니까요. 힘든 삶을 살면서도 맏이의 책임이 워낙 중한지라 가불 신청으로 마련한 급여를 어머님 손에 쥐어 드리며 무거운 발걸음을 옮기던 당신이 그때는 왜 그리 안쓰러워 보이던지요. 덩달아 글썽이는 눈물을 포대기 끈으로 훔쳤던 기억이 어제 일인 양, 지금도 마음 한구석이 먹먹해집니다.

백지장도 맞들면 힘이 된다는 속담처럼 생활 속에 걸림돌을 디딤돌 삼아 일어서던 용기, 선풍기 장만하고 흐뭇해하던 그때의 심정, 벽돌공처럼 힘들게 쌓아 올린 삶의 터전들, 어느 것 하나 소중하지 않은 것이 없습니다.

당신은 인생의 절반을 당뇨로 투병하며 살면서도 아픈 것은 정상이고 아프지 않은 것은 은혜라 여기던 일들이 지금 이 마음을 깨우듯 스치며 지나갑니다. 인생 칠십 강건하게 살았는데 팔십 황혼길에 들이닥친 불치의 병인 암 선고! 드디어 수술하던 날 무표정하게 나를 바라보던 당신의 심정을 이제 다시 헤아려 봅니다.

사람 人자가 서로 의지해야 글자가 되는 것처럼 몸으로 마음으로 서로 부족함을 메우면서 살았던 그때가 생각나는 오늘입니다. 아름답게 가정을 꾸려가는 삼 남매와 여섯 손주의 대견함을 지켜보던 당신이, 아무런 예고도 준비도 없이 '심정지'로 어느날

131

유정숙

갑자기 제 곁을 떠나갔습니다.

당신의 유품을 정리하며 당신과 나의 희로애락 삶을 회상하며 기막혀지곤 했습니다. 아니, 너무나 당신이 그리웠습니다. 말없이 흐르는 적막감, 당신을 찾는 벨 소리, 어둠을 헤치고 혼자 집에 들어설 때의 허허로움, 몸과 마음 깊은 곳에서 올라오는 쓸쓸함이 때론 고통이었습니다. 암 투병하며 마음에 부딪치는 사소한 일들이 모두 걸림돌로 부딪칠 때 속 빈 자루는 홀로 설 수 없다는 말처럼 일어서기 힘들 때, 믿음과 기도로 힘을 얻곤 했습니다.

세월이 약이라 했던가요? 공간을 가득 메우며 흐르던 당신의 부재가 물처럼 해가 가고 달이 지나는 동안 많은 안정을 찾았습니다. 남아 있는 것들을 살뜰히 보듬어 살피는 희망으로 내 남은 삶을 스스로 컨트롤 하겠습니다. 밝게 사는 힘을 기르고 모든 일에 사랑과 감사와 풍성한 마음으로 건강을 지키고 기쁨의 대화(기도)를 음식 삼아 살아가렵니다.

이제 암과의 싸움에서 승리하는 축복을 받았습니다. 밝은 마음으로 아름다운 천국(당신 계신 곳)을 사모하며 소망을 나누며 남은 삶을 상선약수(上善若水)처럼 살아갈 것입니다. 당신은 그곳에서 기다려 주세요.

우리 만나는 그날을……

2019년 한여름에
당신의 영원한 친구 淑 드림

나는요? | 유정숙

편지마을 녹동회 친구들과 오랜 정을 쌓으며 살아왔습니다. 조성악 친구가 편지마을 30주년을 즈음하는 단행본에 다 함께 참여하자고 간곡하게 청해서 용기를 냈습니다. 몇 해 전 천국으로 간 남편에게 편지를 쓰면서 새삼 많이 그리웠습니다.

우리도 잔치를 하자꾸나

윤영자

　　요즘 우리집 베란다에선 활짝 핀 백합꽃들의 잔치로 소란스럽단다. 정초에 두 뿌리를 사다 심었더니, 봄내 싱그런 꽃대를 밀어 올려 보름달 같이 환한 꽃을 피워냈구나.

　여남은 송이에서 풍겨 나오는 향기는 향수를 쏟아 놓은 듯 온 아파트를 휘감아 어질어질 꽃멀미가 날 지경이란다.

　제가끔 자랑이 한창이어서 나도 슬며시 끼어들었더니, 예쁘게 키워 주셔서 감사하다고 배꼽인사를 하지 뭐니. 그 인사에 화답하느라 사진도 찍고 음악 넣은 동영상도 촬영해서 동네방네 자랑을 하곤 한다.

　오묘한 향기까지 보내지 못하는 게 안타까워 향을 담는 카메라는 내가 만들어야지 하고 엉뚱한 상상도 하면서 말이야.

　백합꽃의 꽃말은 순결과 고귀함이라지? 꽃 색깔에 따라 꽃말도 다 다르다는 것도 알았어. 분홍색은 핑크빛 사랑, 노란색은 유쾌한 사랑, 주황색은 영원한 사랑이라고 하네. 이 모든 색깔의 백합을 심으면 저 사랑이 다 이루어지려나? 노란색도 분홍색도 사다가 키워봤는데, 이모는 순백의 꽃이 제일 좋아. 무심히 바라보고 있으면 하얀 눈을 보는 것처럼 마음이 편안해지고 고요해져서 좋아.

사랑하는 아란아!

베란다의 백합꽃이 다 이울기 전에 우리도 잔치를 하자꾸나. 네가 좋아하는 두부찌개를 끓여줄게. 이모가 끓여주는 두부찌개는 어릴 적 홍천 외할머니가 맷돌에 갈아 만들어 주시던 두부찌개 맛이라고 좋아하잖아.

언제나 너의 버팀목이 되어주는 도서방과, 너를 쏙 빼닮은 애교쟁이 수인이도 함께 오너라.

모두 같이 모여서 도란도란 이야기꽃을 피워 보자. 지난번 전주에 가서 못다 한 그리운 엄마 이야기도 실컷 하고, 직장에서 받는 스트레스도 수다로 풀자꾸나.

수인이가 작년 크리스마스에 보내준 멜로디카드를 한옥마을 숙소까지 가지고 와서 자랑을 하는 바람에 깜짝 놀랐어. 이모할머니랑 여행을 간다고 그걸 챙겨서 가지고 온 게 너무 대견해서 꼬옥 안아주었지.

앞으로 더 자주 엽서를 보내주마. 이제, 수인이가 하나둘 글자를 깨치기 시작했으니 내가 보낸 편지를 읽고 삐뚤빼뚤 그림 같은 글씨를 써서 답장을 쓸 날도 멀지 않았겠지.

아란아!

네가 사랑하는 사람을 만나서 알콩달콩 사는 모습을 보게 돼서 이모는 정말 기뻐. 서글서글한 성격과 항상 너의 의견을 존중해 주는 도서방이 듬직해서 마음이 놓인단다.

살다보면 내 생각과 다른 부분이 있겠지만 서로 조금씩 양보한다면 다 이해하고 살 수 있을 거야. 도서방도 너만큼이나 두부찌개를 좋아하니 편한 시간에 와서 밥도 먹고 꽃구경도 하려무나.

너희들이 오면 꽃들이 질투를 하겠지만 제아무리 예쁘다 한들 너희들만 하겠느냐? 수인이가 재롱잔치 때 도드락거리며 추던 다듬이춤을 추면 꽃들이 두 손 들고 박수를 칠 거야. 우리들의 잔치판을 구경하고 있을 거야.

2019년 6월 9일
너를 사랑하는 둘째 이모가

나는요? | 윤영자

영자씨 할머니라 부르는 네 살배기 손자랑 노느라 저도 어린이가 돼 갑니다.
아이와 꽃은 기쁨만 주기에 올봄엔 꽃구경도 실컷 하였습니다. 편지 쓰는 걸 좋아해서 내가 만든 달력엽서를 답장을 못 하는 손자들에게도 가끔 보냅니다.
작은 병원에서 환자들을 돌보는 간호사 일을 오래 하고 있습니다.

사랑하는 막둥이 아란이에게

이경희

막 전화를 하다가 끊었는데 또 할 말이 있는 듯하구나.

둥둥 바쁘게 살아가는 일상 속에서도

이런 저런 사는 이야기를 한참 했구나.

아란아, 네가 있어 참 좋다.

란(난) 꽃을 키우듯 정성을 다해서 너를 키웠다.

아름답고 즐거운 나날이 늘 이어지길 바란다.

아란아, 네가 대학에 들어가면서 부모의 품을 떠나 객지 생활을 했으니 올해 딱 십 년이 되는구나. 6행시에 표현했듯이 엄마와 통화를 하면 참으로 할 말이 많구나. 그만큼 너는 삼 남매 중 막내로 엄마가 서른 살에 낳았지만 때론 친구 같고 때론 자매 같다고 생각할 때도 있거든. 그러다가 가끔 의견이 충돌되어 싸우듯이 으르릉 대기도 했잖아.

아무튼 자손이 귀한 집안의 자식으로 축복 속에 태어났단다. 그래서 어릴 때는 가족들의 사랑을 듬뿍 받고 컸지. 이제 다 성장하여 직장생활을 하면서 힘들어할 때를 보면 엄마는 여러 가지 생각이 든다.

요즘 사회생활은 참 힘들다. 날마다 빠르게 변하는 주변 생활에 잘 적응하려면 어쩔 수 없이 나를 내려놓고 환경에 맞추는 수밖에 없겠지?

네가 공부에 대한 욕심이 많아 대학원 공부를 두 군데서나 했잖아. 그런데 사회생활을 하고 있으나 거기에 대한 보상으로 회사에서 월급을 더 주기를 바라는 건 그 또한 욕심이다.

회사 입장에서 생각해 보면 그 직장에 필요한 전문성과 경력과 성과를 생각해서 직원을 대접해 주는 거 아닐까? 그러니 네가 성실하게 근무하고 회사에서 꼭 필요한 사람이 되면 더 이상 뭘 바라겠니? 회사에서는 네가 이직 할까 봐 걱정일 거야. 연봉 협상 때도 네가 원하는 금액을 주려고 배려하게 될 거야. 요즘 나는 가끔 이런 생각도 한다. 청년실업이 심각한 이 시대에 사회가 인정해 주는 좋은 직장에 다니는 것만으로도 고맙다. 아무튼 엄마는 그 직장에서 뿌리내리고 꽃 피우는 실력가가 되길 바란다.

아란아, 예부터 사람이 갖추어야 할 덕목인 지. 덕. 체를 갖추면 어디서나 인정받는 사람이 된다고 했다. 지성과 덕망과 체력인데 너는 하고 싶은 공부를 충분히 했으니 지성은 잘 갖추었다고 본다. 그런데 엄마가 볼 때 덕은 좀 더 많이 쌓아야겠다는 생각을 했다.

얼마 전에 엄마와 통화 중, 네 마음에 안 든다고 막무가내로 엄마 말을 막으면서 함부로 말하더니 전화를 끊어버리는 행동은 누가 봐도 지성인답지가 않다. 그 후로 엄마는 오랫동안 화가 안 풀리더라. 엄마가 너를 잘못 키웠다는 자괴감까지 들더라. 막내로 이쁘게만 봐줬더니 이런 불상사가 생겼구나! 객지생활을 하면서 네 성격이 너무나 거칠어지고 버릇없는 사람이 된 거 같아, 엄마로서 감당하기 힘들었다. 이유야 어찌 되었든 웃어른이나 부모가 너에게 얼마나 나쁘게 대하겠니? 그럴 때는 자신을 차분히 돌아보며 네 언행을 반성하는 자세가 필요할 거다.

그 후 네가 좀 자숙하는 거 같아 더 이상은 말하지 않았으나 앞으로는 이런 일이 다시는 없도록 해야겠다.

사람 인(人)자를 보면 획이 서로 기대어 받쳐주고 있는 걸 볼 수 있지? 그처럼 세상은 혼자 살 수는 없는 거잖아. 살아가면서 내 마음에 흡족하지 않아도 상대의 마음을 읽고 배려하는 마음을 꼭 가져야 한다. 어떤 관계라도 마찬가지다. 그리고 말은 물과 같아서 한번 쏟고 나면 담을 수 없는 거라 항상 조심하고 생각하면서 말하는 습관을 들여야 한다.

사실 엄마도 육십이 넘은 나이에도 가끔 말실수를 할 때가 있거든. 항상 언행을 조심하여 사려 깊은 사람이 되어보자. 이 정도로 말했으면 충분히 이해하리라 믿는다. 넌 어릴 때부터 이해심이 많았다.

건강한 신체에 건전한 정신이 깃든다고 했다. 너는 한창 건강해야 할 나이인데 먹거리를 보면 바쁘다고 인스턴트와 육식위주로 주로 먹고 있어서 걱정스럽다. 먹는 거도 습관인데 그런 음식은 아무래도 건강을 해칠 수가 있지. 엄마가 가까이서 챙겨줄 수 없는 형편이라 어쩔 수 없겠으나 가능한 자연식을 먹으면서 건강을 잘 챙기면 좋겠다. 그래도 넌 요리도 배우고 틈날 때 직접 요리를 하는 걸 보니 좋았다. 꾸준히 운동도 하면서 체력을 튼튼히 하는 것은 정말 중요한 일이다. 건강을 잃으면 모든 걸 잃는 거야. 객지 생활에서는 특히 건강관리에 유의해야 한다. 잘 알고 있는 걸 엄마는 또 당부한다.

사랑해, 울 막둥이 아란아~~

2019년 7월 어느 일요일에
지덕체를 고루 갖춘 참한 딸이 되길 바라는 엄마가

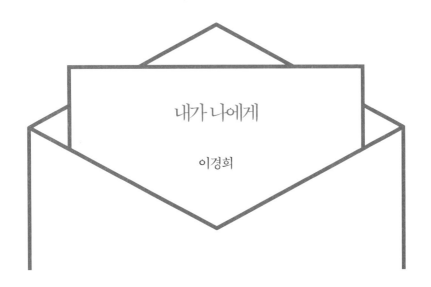

내가 나에게

이경희

거울에 물끄러미 내 얼굴을 들여다보면 앞쪽 밑머리에 희끗희끗 흰머리가 많이 보이는구나. 내 나이 작년에 환갑을 지냈으니 살아온 날보다 살아갈 날이 짧겠지. 그래서인지 요즘은 부쩍 내 자신을 되돌아보게 된단다.

어릴 때는 참 숫기도 없고 소심했던 거 같다. 엄마와 길을 가다가 아는 분을 만나면 엄마 치맛자락 뒤에 숨으면서 인사도 제대로 못 하던 나였으니까. 그럴 때 우리 엄마는 "얘가 키만 컸지 참 어리석어요."라는 말을 자주했던 기억이 난다. 그래서 나는 더 자신감 없는 아이로 자랐던 거 같아. 옛날에 우리 엄마는 모성애가 남달라 자식들을 끔찍이 생각하면서도 남 앞에서는 겸손한 표현으로 자신의 아이를 사정없이 낮춘 거 같다.

요새 엄마들이라면 최소한 자기 애 앞에서 이런 면박을 주지는 않을 것이다. 그런 내가 자라면서 공부에 재미를 붙이고 학교에서 성적이 상위권을 달리니 아버지께서는 흡족해하시며 내가 원하는 거면 웬만하면 잘 들어주셨지.

칭찬을 받고 자란 아이는 자신감이 있고 도전의식이 높다는 심리학자의 말을 들었다. 그래서일까? 나는 어른이 되면서 무척 적극적인 성격이 되었고 다방면에 호기심을 가졌다. 그 덕에 동화구연과 인형극, 글쓰기. 청소년 상담 등에 관심을 갖고 노력했었지.

오로지 자신의 한 가지 일에만 주로 매진하는 남편이 볼 때, 나는 참으로 산만하게도 보인다는구나. 하지만 혼자보다는 여럿이 어울릴 때가 좋고, 한가하게 일없이 지내는 거보다 뭔가 역동적이고 활발한 게 좋으니 나의 에너지는 아주 팡팡한가 보다.

내가 해왔던 일들은 모두 다 내가 좋아서 한 일이니 힘든 줄도 모르고 즐기며 지냈지. 그중 글쓰기는 쭈욱 이어나가서 깊이 있는 글을 좀 써보자.

나는 나에게 몇 가지 약속을 하고 싶다.

먼저 생활은 절도 있게 하고 나와의 약속을 꼭 지키자. 나의 가장 큰 적(敵)은 '나'라는 걸 명심하겠다. 최근에 다시 시작한 일, 아침마다 심신의 건강을 위해 108배를 하겠다는 뜻을 세웠으니 타협하지 말고 어떤 경우에도 실천을 해보자. 항상 겸손하며 언행을 조심하고 남을 배려하는 마음을 갖고 살자.

또 살아가면서 느끼는 일인데 자식 사랑에 너무 연연해하지 말자. 내가 모성애라 생각하며 결혼한 자식들까지 관여하며 도와주려는 마음은 자칫 의지가 약한 의존적인 사람으로 될 수 있겠다는 생각이 들었다.

이제 다 자라 성인이 된 자식들은 자기의 역량대로 살아가는 모습을 나는 지켜볼 뿐이다. 또 나 자신을 객관적으로 볼 수 있는 지혜로운 사람이 되어보자.

이경희

삼 남매를 키우면서도 참으로 유난스레 살았구나.

독서 논술학원을 운영하면서도 야간 자율학습을 하느라 밤늦게 귀가하는 아이들을 일일이 차로 학교에 데리러 갔구나. 집에 와서 조금이라도 더 자게 하려고 말이야. 그럴 때 초저녁잠이 많은 남편은 일찍부터 잠자리에 들었지. 또 아이들은 자립심을 키워줘야 한다는 미명 하에 아이들 학교에 데리러 가는 일은 거의 없었잖아. 엄마인 나에게 지청구와 타박까지 하면서 말이야. 그래도 나는 서울로 지방으로 학업을 위해 가 있는 아이들을 수시로 찾아가 챙겨주는 출장파출부로 나서서 치다꺼리해 주는 유별난 엄마였다.

'세상에 안 되는 일은 없다'고 생각하는 기세등등하던 남편이 몇 년 전에 대수술을 하고 나더니 어깨를 축 늘어뜨리고 지내다가 섬으로 귀촌하길 원했지. 나와는 여러 번의 실랑이 끝에 내가 물러섰잖아. 이제 와 생각하니 그건 잘했던 거 같아. 새로운 경험이었고 섬마을에서 초등학교 돌봄교사도 할 수 있었잖아. 많이 힘들었지만.

이제 남편은 건강을 거뜬히 회복하고, 작년에는 7개월간 평택에서 건물을 짓는 힘까지도 생겼지. 누군가 하는 말이 우리 가족이 살아가는 데는 역시 내가 엄마로서 버팀목이 되었다고 하더구나.

정말 그럴까? 그런데 말이야, 자식들이 다 성장한 지금은 저 혼자 큰 줄 알고 가끔 엄마의 노고를 개의치 않을 때는 섭섭할 때도 있더구나

경희야, 그동안 참 열심히 살았다.

이제 힘들고 어려운 건 내려놓고 가능한 단순하고 편하게 살길 바란다. 체

면과 자존심을 생각해서 마음에도 없는 일을 남에게 자꾸 이끌려 산다는 건 소신이 없는 생활이겠지.

이제 단아한 모습으로 인생 후반전을 바쁘지 말고 여유롭게 살길 바란다. 누군가 나와 함께 있으면 마음이 따뜻해지고 편안함을 느낄 수 있으면 좋겠구나.

사려 깊은 아내, 멋진 엄마, 온화한 할머니, 좋은 이웃집 아줌마가 되는 걸 꿈꾸자.

2019년 6월
60평생 살아온 삶을 찬찬히 돌아보며 감회에 젖은 경희가

나는요? | 이경희

평택과 신안군 임자도를 왔다리 갔다리 하며 삽니다.

역마살이 많아서인지 다닐 일이 자꾸 생기네요.

월간 『아동문학』에 동화가 당선되어 동화작가 이름을 달게 되었답니다.

20여 년 전. 평택 아동문학회를 창립하여 활성화한 걸 큰 영광으로 생각합니다. 요즘은 동시와 3~6행시에도 관심이 많답니다.

저서로는 동화 『밝혀야 할 비밀』이 있습니다.

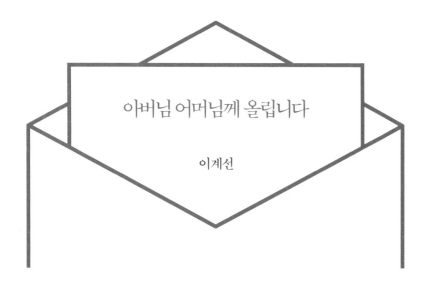

아버님 어머님께 올립니다

이계선

　　가을 햇살이 유난히 따스하고 구름 한 점 없이 맑고 청명한 날의 연속인 어느 좋은 가을날에 아버님께서는 하늘나라로 가셨지요. 장례식을 치르고 슬픔이 채 가시기도 전에 생각지도 않았던 어머님께서 아버님이 돌아가신 지 14일 만에 아버님 따라 하늘나라로 가신 지가 어느덧 7년이라는 세월이 흘렀습니다.

　아버님은 전립선비대로 소변이 시원하게 잘 나오지 않고 가끔은 병원에 가서 소변을 빼고 올 때도 있었지요. 그러다 점점 안 좋아져서 병원 신세를 지게 되었고 결국은 옆구리에 소변 줄을 매달아 소변이 고이면 버리곤 했지요. 평소 때 인물도 미남이시고 몸집도 좋고 멋지게 잘생기시고 성질도 급하고 또 인자하지만 때론 무섭고 대단한 분이셨지요. 그런 아버님이 참으로 존경스럽고 손재주가 많으신 아버님이 자랑스럽고 좋았습니다. 동네 어르신들의 호미나 괭이자루 다 만들어 주시고 지게도 손수 만드시고 낫이나 칼이 무려지면 다 갈아주시고 필체가 좋으셔서 대필도 많이 해주시고 여러 가지 재능이 많으신 분이셨습니다.

옛날에 우리 동네에서 힘자랑을 했는데 시멘트 40kg 5포대를 지게에 지고 반환점을 돌아서 오는 사람은 아버님과 애비 두 사람뿐이었다고 동네에서 인정해주는 힘센 장사라고 하셨다지요. 그리고 보리타작 벼타작 하는 발동기 기계를 몇 군데 동네 청년들이 무거워서 발통은 빼고도 겨우 짊어지고 논에까지 가는데 아버님과 애비는 발통을 4개 다 달고 비탈진 논길을 힘들게 지고 갖다 놓으니 주인께서 이렇게 힘장사는 처음 본다며 그날 일꾼 품삯을 주는 분도 계시고 우리 집 모내기할 때 하루 모를 심어준 집도 있었다지요. 어쩜 그렇게 힘이 세셨는지요?

힘이 장사라 혼자서 큰 소도 한 마리 잡겠고 무서운 호랑이도 잡을 것 같은 당당하고 건장한 체구는 어디 가고 아버님은 병마 앞에서는 이길 수 없었나 봅니다.

저는 지금도 믿을 수 없는 게 그렇게 기운도 세고 위장이 튼튼해서 뭐든지 맛있게 잘 드시고 목소리도 우렁차고 너무 커서 고함 한번 지르시면 동네가 떠나갈 듯 했는데 왜 벌떡 일어나지 못하고 누워만 계셨을까? 병원에 가시기 전까지만 해도 맨발로 밭으로 논으로 다니시고 나무하러 산에 가실 때도 맨발로 다니시던 참 건강하고 부지런하던 분이셨는데… 아버님은 89세라도 믿기지 않을 정도로 너무 정정하셨는데 소변을 제대로 못 본다고 그렇게까지 약해지셨을까? 소변줄을 옆구리에 차고 링거를 매달고 미음죽을 매달고도 병원에 가보면 화장실도 가시고 잠깐씩 병원 내 정원에 햇볕도 쐬고 신선한 바깥바람도 마시며 얼마든지 걸어 다닐 수 있을 텐데 왜 노력을 안 하

145

시는 걸까? 얼굴도 괜찮고 건강해 보이는데 왜 일어나 걸어 다니지 않으려고 했는지 알 수가 없었습니다. 정말로 많이 아프실까? 누워 있는 것은 돌아가시면 원도 한도 없이 영원히 누워 계실 텐데, 참으로 안타까웠습니다.

어머님은 농사일하시면서 허리도 구부정한 데다 평소에 많이 안 드시는 체질이라 몸도 약하신데 몸집도 크고 키도 크신 아버님 병간호하느라 많이 지쳤나 봅니다. 동네 어르신들과 친인척들께서는 "천생연분 잉꼬부부"라고 하시며 아버님이 혼자 가시기 외로워서 편안한 집 잘 장만해 놓고 어머님과 저세상에서 근심 걱정 없고 아무 데도 아픈 데 없고 영원히 함께 오손도손 행복하게 사시려고 한 달도 아닌 14일 만에 서둘러 모시고 갔다고 하시더군요.

두 분께서 돌아가시고 나서 50일째 되던 날, 제 꿈에 〈세상에 이런 일이〉 특종을 찍는다고 SBS 방송국에서 PD와 사람들이 많이 왔어요. 다른 TV 방송국 사람들과 신문기자들도 특종감이라고 시골집에 몰려왔지요. 지금의 아버님 어머님 산소가 아닌 조금 다른 장소의 산소였는데 그곳도 양지바르고 온 동네가 훤히 보이는 넓고 맨꼭대기 좋은 곳이었습니다. 지금의 산소와 거의 비슷한 곳이었지요.

아버님 산소부터 파보고 어머님 산소도 열어 보겠다고 하길래 저는 지관이 못자리를 잘 보고 애서서 잘 만들어 놓은 산소를 왜 파느냐고 두 분 산소를 그냥 이대로 보면 안 되겠느냐고 하니 뭔가 이상하다며 산소 하나는 텅 비어 있는 빈 산소라고 하길래 그럴리 없다면서 우기다가 우리도 궁금하니 파보자고 했지요. 방송국에서는 미리 지관도 모시고 왔지요.

아버님 산소를 파보니 정말 산소가 텅 비어 있었습니다. 모두 깜짝 놀랐지요. 어머님 산소를 파보니 아버님이 팔베개를 하고 어머님이 편안히 누워계시더군요. 아버님이 어머님 다리 위에 다리를 척 들어얹어 두 분이 다정하게 꺼안고 눈을 지그시 감고 빙그레 웃으시면서 편하게 누워 계셨습니다.

아버님의 옷은 평소 집안에서 입던 회색 T셔츠에 곤색 츄리닝 바지를 입으셨고 어머님은 보라색 T셔츠에 꽃무늬가 자잘하고 예쁘게 그려져 있는 몸빼 바지를 입고 계셨습니다.

아버님과 어머님 두 분께서는 이 세상에서 최고로 행복하고 평온한 모습으로 환하게 웃고 계시는 모습을 보고 모두 이게 바로 특종감이라고 사진을 이리저리 찍고 난리였습니다. 제가 "아버님은 아버님 자리에 안 계시고 왜 어머님과 함께 계시냐"고 여쭈니 "둘이 같이 한 방에 있으니 이렇게 편하고 좋은데 뭐하러 따로 있냐"고 하시며 저리 가라고 손으로 저를 떠미셨습니다.

남편은 기자들과 이야기하면서 저 뒤에 천천히 올라오고 있기에 "여보! 빨리 와봐"라고 하니 가파른 언덕길을 숨가쁘게 달려왔습니다. 남편도 두 분이 팔베개하고 평온히 웃으면서 누워 계시는 장면을 보고 저랑 약속이나 한 것처럼 "아부지 산소는 비워놓고 왜 어머이 산소에 같이 계시냐"고 하니 둘이 있으니 이렇게 행복하고 좋은데 왜 따로 있으라고 하느냐며 남편을 힘센 발로 차버려서 남편이 겨우 올라오는 장면을 보고 꿈을 깼습니다.

아버님 어머님!

진짜로 정말로 제 꿈처럼 아버님 산소는 비워두고 두 분이 같이 계신지요? 그렇다면 더욱 좋고요. 살아생전에도 두 분께서 오손도손 잘 지내셔서 잉꼬부부라고 동네 어르신들이 말씀하시더니만 돌아가셔도 두 분이 한 산소에서 같이 지내시니 꿈이었지만 저는 그 꿈을 꾼 뒤부터는 두 분 안 계신다고 슬퍼하고 허전해하지 않으려고요. 외로워하고 아쉬워하지도 않겠습니다. 두 분 행복하게 잘 계시는데 우리 부부도 이젠 걱정 안 하고 살겠습니다.

아버님 어머님!
우리 동네 총각스님 아시지요? 그 스님이 마을회관에 어르신들께 이 동네에서 산소가 제일 좋은 명당자리에 계신 분은 아버님 어머님 산소라고 하신대요. 두 분이 계신 곳은 우리가 밭으로 사용하던 맨꼭대기 800평 밭에 할아버지 할머니 산소가 있고 그 밑에 아버님 어머님 산소가 있습니다. 다음에 우리 부부도 아버님 어머님 밑으로 갈 겁니다.

전북 무주 리조트 가는 관광버스나 자가용 차들이 쌩쌩 달리는 도로도 보이고 우리 동네 고제댐이 물이 항상 깨끗하고 가득 넘치게 댐이 채워져 있고 요즘은 주말이면 낚시하러 오는 낚시꾼들도 많습니다. 그래서 작년에 대문도 달고 담벼락을 허물고 담장도 예쁘게 했습니다. 마당도 길보다 낮아서 마사토 흙을 큰 덤프트럭 네 차를 실어다 포크레인이 마당을 다지고 이젠 멋진 집이 되었습니다.

장독 놓을 곳도 감나무 밑에 세면으로 잘 만들어 놓았고 어머님이 쓰시던 호박돌도 잘 사용하고 있습니다. 아랫방과 마구간이었던 집은 허물고 그곳에 화단을 만들었습니다. 애비와 제가 화초 가꾸기를 좋아하는 것 아시지요? 화단에 온갖 예쁜 꽃들을 심어놓았습니다. 아버님 어머님이 계셨다면 꽃들을 보고 "아이구 예뻐라. 와이리 예쁘고 좋노." 하시며 아이처럼 좋아하셨을 텐데요. 두 분 많이 보고 싶고 그립습니다. 아버님 어머님과 같이 살 때 그 밭은 황토 흙이고 경사가 져서 언덕배기 제일 높은 밭이라 고구마, 감자, 고추,

옥수수를 심었지요. 산길이라 경운기나 리어카가 들어가지 못해 아버님과 애비는 거름을 바지게에 지고 어머니와 저는 고무 다라이에 꼭꼭 눌러서 머리에 이고 날랐지요. 소가 밟힌 소거름을 하면 고구마 감자가 다른 집들보다 알도 굵고 황토흙이라 고구마가 빨갛고 분도 많이 나고 고추도 병도 없고 크고 좋았지요. 제가 쑥강아지 낳았다고 좋아하시며 밭에 가실 때마다 손주들을 지게에 지고 기분 좋게 다니시던 만당밭이었습니다.

아버님 어머님!

아비와 제가 두 분께 꼭 한 가지 소원이 있습니다. 이 소원만 들어주시면 정말 고맙고 감사하겠습니다. 두 분이 그렇게 좋아하시던 손자 둘이 혼기가 찼는데도 결혼할 생각을 안 하고 있습니다. 아직 인연이 나타나지 않았나 봅니다.

어머님께서 애비하고 결혼한다고 사성 쓴 것 가지고 패물하고 한복 맞춘다고 1년 내내 담배 농사 지은 돈과 고추하고 콩 팥등 잡곡 팔아서 만든 돈을 가지고 서울 저희 집에 오셨지요. 서울 오는 버스에서 차창 밖을 내다보며 옛날 생각이 나서 많이 울며 서울에 도착하셨다고 이야기해 주었지요. 어머님이 시집오셔서 딸만 둘 낳고 또 임신을 해서 이번에 아들을 못 낳으면 쫓겨날 뻔했는데 혼자 애기를 낳아놓고 가슴이 조마조마해 애기 다리를 살짝 들어보니 조그마한 고추가 달려있어 얼마나 기뻤던지 한없이 울었다는 소릴 듣고 저도 울었답니다.

"어머님! 방에 들어와 보세요. 제가 아들을 낳았어요." 하니 애기 낳는데 식구들이 아무 관심도 없던 분들이 그제야 반가워서 머슴더러 미역 사러 보내고 쌀 방아 찧고 해서 미역국을 참으로 맛있게 얻어 드셨다고요. 그 아들 덕분에 쫓겨나지 않고 그 뒤로 아들 둘을 더 낳아서 시부모님께 사랑받고 살았다고 하셨지요.

그 귀하고 소중한 아들이 제 남편이 되어 주어서 너무 고맙고 감사합니다. 이렇게 귀한 아들이 어느새 커서 서울 며느리를 보게 되어 너무 좋아서 차 안에서 계속 울었다는 이야기도 자주 해주셨지요.

아버님 어머님!

우리 부부가 그 당시에 27살에 결혼을 했으니 좀 늦었습니다.

그래서 그런지 우리 희수, 현수도 지금 37살, 35살인데도 결혼할 생각을 안 하고 있으니 부모로서 애가 탈 뿐입니다.

두 분 좋은 산소 명당자리에 껴안고 빙그레 웃고 계시는 것도 좋은데 손주들을 그렇게 좋아하고 기다리지 않아도 쑥 강아지 낳았다고 마당에서 춤추시던 아버님 어머님 아니시던가요. 제발 좋은 인연 만나 결혼하게 도와주십시오.

애비는 공무원 생활 37년 하고 작년에 정년퇴직 했습니다. 저는 '종가집 김치공장'에 18년 다녔는데 아직 근무하고 있고요.

둘이 결혼만 하고 나면 아버님 어머님이 살던 고향집으로 들어가 살겠습니다. 두 분이 사용하시던 옷과 신발, 이불 등 태워드렸고 냉장고는 한 번도 코드를 뺀 적 없고 전화기는 이제 취소시켰습니다.

겨울에 보일러는 거실에 화초가 많아 얼까 봐, 12월에 켜면 음력설 지나고 나면 2월에 끕니다. 주말마다 애비와 제가 가서 텃밭 농사를 지어서 채소들을 잘 먹고 있습니다.

두 분 제사와 추석 명절 설 명절은 아버님 어머님이 살던 그 집에서 지냅니다. 제가 사는 아파트는 베어스타운 아파트라 이름이 영어라 찾아오시기 어려우실 것 같아 어머님 댁에서 형제들이 다 모이기도 좋고 거실이 넓어서 전부치기도 좋고 아이들이 떠들어도 누구 시끄럽다고 올라오는 사람 없어서 좋습니다. 문어는 마른 문어와 생문어 두 마리를 씁니다.

두 분 계실 때 아버님이 차남이라 우리 집에는 명절 차례나 제사가 없어 가운뎃집 할머니댁에 명절 때나 제사 지낼 때 전 부치는 것도 도와주고 설거지도 해주면 제사음식 먹을 때 할머께서 제사상에 올렸던 떡이랑 전을 싸주시고 마른 문어다리도 1개 떼어주면 집에 가지고 와 어머님께서 가위로 잘게 잘라 도련님들과 우리들 한 동가리씩 주실 때 얼마나 맛있었는지 모릅니다.

그때는 제가 제사를 모시면 문어만큼은 꼭 제일 크고 좋은 것으로 하고 싶었습니다. 젖은 문어는 삶아서 기름장에 또 초고추장에 찍어서 도련님 동서 시누이들과 음복술 한 잔씩 하면서 아버님 어머님 살아계실 때 여러 가지 이야기를 한답니다.

아버님 어머님!

우리 부부도 며느리보고 손주도 보고 싶습니다. 이 세상에 태어났으면 남들이 하는 것은 다 해보고 싶습니다. 며느리, 손주 보고 조금만 더 행복하게 잘 살다가 두 분이 계시는 곳으로 저희들도 갈게요.

그곳에서는 아프지 마시고 제 꿈에서 뵈온 것처럼 두 분 팔베개하시고 편안하고 행복하게 지내십시오.

산소를 일 년에 세 번씩 벌초를 해서 공원처럼 너무 멋지게 잘 가꾸고 있습니다. 땅도 넓고 만당이라 사방이 훤히 트여 다 보이고 어제도 토요일이라 애비랑 벌초하고 왔습니다. 두 분께서 저희를 잘 지켜주시리라 믿습니다.

그곳에서 다시 만날 때까지 영원히 행복하십시오.

2019년 6월 23일
맏며느리 올림

나는요? | 이계선

편지로 맺은 소중한 사람과 3년 넘게 편지를 주고받다 서울에서 거창으로 시집와 사랑하는 남편과 두 아들을 둔 시골 아낙입니다.

요즘 시대에 스마트폰에서 카톡으로 사진과 사연을 주고받는 편리한 세상이라 손편지 쓰는 분들을 찾기 힘들어졌습니다.

문학 서적이 잘 안 팔리고 사람들이 책을 잘 안 읽는다 해도 저는 여전히 편지 쓰는 것을 이 세상 끝날 때까지 할 것입니다. 펜의 힘은 위대하니까요.

특히 편지 때문에 멋진 남편을 만나 거창에서 행복하게 잘 살고 있으니 편지만큼 위대하고 좋은 문학이 어디 있겠는지요?

전국에 계시는 편지마을 회원님들을 존경하고 사랑합니다.

개명 신청서를 쓰면서

이루다

삶이 나에게 주는 메시지는 언제나 정확했다.

그러나 나는 그 메시지를 잘 읽지 못했고 항상 저만치 가서야 뒤돌아보며 미처 깨닫지 못한 것들에 대하여 가슴을 치고 무릎을 굽히며 아파하곤 했다.

안녕! 루다.

오늘은 내가 네게 보내는 처음이자 어쩌면 마지막일지도 모르는 편지를 쓴다. 돌이켜 보면 나의 삶은 언제나 치열했고, 뜨거웠고, 아름다웠다.

감히 '아름다웠다'라고 내가 쓸 수 있는 것은 지나온 내 삶의 모든 순간들이 진심이었고, 진지했고 노력했기 때문이다. 그럼에도 불구하고 지나온 내 삶이 후회되고 안타깝지 않은 것은 아니다.

좀 더 열심히 살았더라면 하고 눈물을 흘리지 않은 것도 아니다. 다만 그 모든 지난날의 일들이 오롯이 모두 다 '나'였기 때문이다. 모두 다 '나'의 최선의 선택이었기 때문이다.

최선!

여기, 자기 자신의 삶이 최선이 아닌 사람이 어디 있겠는가마는, 하다못해 무얼 먹을까, 무얼 입을까, 세수를 먼저 할까 이를 먼저 닦을까 하는 이 모든 소소한 결정들이 그 순간 가장 나은 것을 고르고 골랐을 터이니 어찌 최선이라 하지 않겠는가.

하여, 루다!

나는 내 삶이 감히 아름다웠다라고 말하고 있는 것이다. 그리고 앞으로도 아름다울 거라고 말하고 싶은 것이다.

루다!

내가 너를 안 지 어느덧 15년의 세월이 흘렀다.

너의 이름은 운명처럼 내게로 왔다.

한때 내 삶이 눈물로 얼룩지고 관계에 의한 상처들로 곪아 아프고 시릴 때 빨간약처럼 내가 선택한 생존의 수단은 글쓰기였다. 나는 무엇이라도 써야 했었고, 어디든 어느 곳이든 들어가서 사람들과 어울려야 했다. 그렇지 않으면, 어쩌면 내가 나를 긋는 극단을 선택할지도 모르기 때문이었다. 지금 생각하니 그렇다. 그때는 참 하루하루가 전쟁 속 잠시 잠깐 보이는 신기루 같았다.

어느 날 누군가의 권유로 동화를 썼고 감히 공모전에 응모를 하며 나는 눈물로 얼룩진 내 이름 석 자를 버렸다.

그리고 내가 선택한 이름 '이루다!'

나는 이루고 싶었다. 아니 나를 잊고 싶었다. 과거 속의 나약하고 슬펐던 나란 존재는 하늘로 멀리 날려 보내고 싶었다. 그리고 딸아이가 어느 날 농담처럼 했던 말, "나 엄마 성 따라서 이씨로 할까? 루다, 이루다 좋잖아?" 딸아이의 그 숨겨 둔 이름을 빼앗아 나는 '이루다'란 이름으로 재탄생했다. 이름이 좋아서일까? 내가 쓴 동화가 당선이 되고 그토록 원하는 작가라는 이름표를 붙일 수 있게 되었다. 남들이 이루다 작가라고 불러 주는 것이 내게는 생명수처럼 달콤했다.

루다, 그렇게 너는 내게로 와서 나의 옷을 입고 나의 숨을 쉬고 나의 삶을 살고 있다.

루다!

너는 지금 행복한가.

작가라는 이름표를 얻고 나서야 알았다. 내가 얼마나 부끄러운 생각을 하고 살아왔는지를.

내 글이 얼마나 나약하고 허술하고 엉성한지를 뼈아프게 느끼며 나는 나의 작가라는 이름표에 진심으로 사죄한다. 내 이름 석 자가 쓰인 책에 술을 붓고 제를 지내듯 부끄러운 노래를 한다.

잊으리라. 잊으리라. 나는 이제 다시 서리라. 다시 제자리로 돌아가 돌담을 쌓듯 서서히 노래하리라. 나는 이루다니까.

루다!

네 덕에 나는 많은 것들을 이루고 살았다.

시낭송가가 되어 대한민국 최고의 낭송가에게 주는 '대한민국 시낭송가 대상'도 받았고 너의 이름을 앞세워 전국을 돌며 공연을 하고 강의도 하며 많은 사람들의 박수갈채를 받으며 공인으로 살고 있다. 너의 이름으로 부끄럽지 않은 삶을 살아야 했기에 '이수경'이란 이름보다도 더 나를 사랑하며 살고 있다. 신우신염을 앓고 수술을 하며 설상가상으로 내가 암에 걸린 것을 알았을 때도 정말이지 나는 괜찮았다. 내 이름은 이루다니까. 나는 죽지 않을 것이니까. 적어도 내가 살기로 작정한 이상 나는 무조건 살아야 하는 것이니까. 암, 그까짓 거 아무것도 아니다. 개나 물어가라 하고 헛웃음을 웃었다.

그리고 나는 수술 전이나 수술 후나 수술 후 험한 치료를 받으러 다니는 그 모든 순간들을 소풍 가듯 웃으며 다녔다. 아프지 않았던 것은 아니다. 슬프지 않았던 것도 아니다. 남들처럼 무섭고 두렵고 겁이 나서 혼자 몰래 주저앉아 울기도 했지만, 나는 이루다 네가 나를 바라보고 있는 이 모든 순간들을 결코 무너진 모습으로 남아 있지 않기로 했다.

생각이 바뀌면 인생이 바뀐다고 했던가. 나는 루다 너를 알고부터 내 삶의 방향이 바뀌었고, 목표가 바뀌었고, 종착역도 바뀌었다. 그리고 지금은 이루다 다운 죽음을 생각한다.

어느 날 내 생이 다하여 그 끝이 보이는 날, 나를 사랑하는 사람들이 모여 나를 그리워할 그 시간 속의 내 장례식을 구상하며 즐거워한다. 생은 누구에게나 오고 누구에게서나 떠나가는 것이니까.

떠나는 그 날이 슬프지 않게 장례식이 아닌 작은 콘서트를 열어 나를 며칠만 기억해 주기를 원한다. 고맙게도 나의 이름과 목소리가 영상 속에 살아있으니 얼마나 다행이고 좋은 일인가 싶은 것이다.

루다!

네 덕에 나는 세상을 바라보는 눈이 아름다워졌다.

네 덕에 나는 세상이 좀 더 살고 싶어졌다.

네 덕에 나는 세상을 사랑할 줄도 알게 되었다.

그래서 어쩌면 생각보다도 훨씬 더 좋은 사람으로 남을 수도 있을 것 같다.

딸아이가 생각해 낸 이름 석 자, 이루다 그 이름은 딸아이의 마음이 담긴 너무도 아름답고 소중한 이름이니까.

루다!

우리 지금처럼 이렇게 살자. 삶의 가치 앞에 좀 더 당당하고 멋스럽게 그렇게 살자. 그렇게 살다가 소풍 가듯 떠나자. 너의 이름 석 자를 이제 내 영혼으로 읽는다. 이제 가자. 개명신청서를 들고서. 루다, 네가 내 삶의 주인으로 살기 위해서.

2019. 7. 10.

루다가 진짜 루다에게

나는요? | 이루다

편지마을! 마음은 늘 함께였어요.

다만, 소심한 저의 성격이 스스로 가까이 가지를 못했었어요.

이제 조금씩 노력하고 있답니다. 잊지 않고 연락 주시고 챙겨주시는 덕분에요.

저의 노력이 조금씩 조금씩 성장하고 있습니다.

시 낭송가로서 최고의 상을 받았고 그 덕분으로 여기저기 공연과 강연을 다니고 있습니다.

편지마을. 고맙습니다.

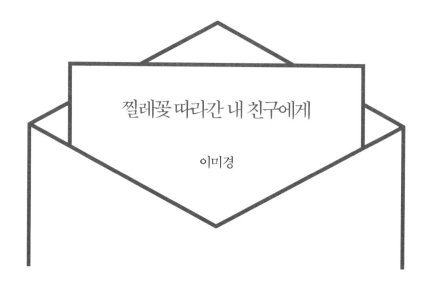

찔레꽃 따라간 내 친구에게

이미경

 너를 태운 흰 상여가 너울거리며 네 가는 길에 하얗게 핀 찔레꽃으로 수를 놓았지. 그날을 떠올리면 항상 가슴이 먹먹해. 너처럼 심성 곱고 예쁜 친구를 하느님은 왜 그렇게 빨리 데려갔는지 원망도 많이 했어. 며칠 전에도 우리가 어릴 때 뛰어 놀던 그 장소에서 웃고 떠들다가 깨어보니 꿈이었단다. 항상 꿈은 해피엔딩이야. 이런 날은 정말 네가 더 보고 싶어.

 시골 동네에서 친구들이 많았지만 유달리 우리 둘은 붙어 다녔잖아.

 둘 중에 한 명이 안 보이면 한 명은 어디 갔냐고 물을 정도였으니. 우리 둘은 한 번도 다투거나 얼굴 찡그린 적이 없었어. 몇 년 전 초등학교 동창회에 담임 선생님을 초대했는데 나를 보자마자 제일 처음 하신 말씀이 "미경이 너 짝꿍 ○○이는 왜 안 왔어." 라고 하셨어. 세월이 이만큼 흐르고 보니 이 세상에 영원한 것은 없다는 말이 맞나 봐.

친구야!

어느 겨울날 너희 집에서 중간고사 공부하다 심심하여 포도주병에 남은 찌꺼기를 건져 먹고 비틀거리다가 시험 망치고 너희 언니한테 꾸중 들은 거 기억나니? 그 당시 너희 집은 방앗간을 했으니 먹을 게 지천이었지. 말리던 국수가 주르륵 떨어지면 잽싸게 밑으로 기어가서 주워 먹었고, 떡을 한 후 청소하기 전에 젓가락으로 구멍에 남아있는 떡을 빼먹던 그때의 모습이 생생하게 떠올라. 배고프던 시절에 그만한 간식이 어디 있었겠니. 나는 너의 특권으로 우리 집처럼 너희 집을 들락날락거렸고, 놀다가 잠 오면 너희 집 사랑채에서 너희 할아버지께서 해 주시는 구수한 이야기 들으며 잠을 청했던 시절이 있었지.

그때 조금만 더 빨리 병원을 찾았으면 얼마든지 고칠 수 있는 병이었는데 너무 안타깝다. 이 좋은 시절에 같이 여행도 다니고 살아가는 얘기도 나누면 얼마나 좋을까. 아무리 생각해도 넌 내 마음을 가장 잘 알고 있는 친구였어. 공부, 달리기 어느 것 하나 버릴 게 없는 네가 뭐가 그렇게 급해서 이승의 끈을 빨리 놓아 버렸는지. 내 인생에서 우정곡선을 그려보면 항상 네가 내 곁을 떠난 그 시점이 하향으로 치닫고 있어. 그중에서도 가장 힘든 건 친한 친구들이 너의 안부를 물을 때였어. 그럴 때마다 병마와 싸우던 너의 모습이 영화의 한 장면처럼 스쳐가곤 해.

친구야!

세월이 흘러 이제 나도 60을 앞두고 있어. 주름이 자글자글한 중년 아지매가 되어 간단다. 넌 좋겠다. 항상 이십 대 초반에 머무르고 있어서. 내가 결혼 후, 우리 친정도 모두 도시로 이사를 나와 버려 고향 소식을 아예 잊고 살았어. 그 뒤 들리는 소식에 의하면 너희 엄마, 아버지께서도 너를 보낸 후, 다른 곳으로 이사를 하셨다고 해.

'청춘이 구만리 같은 딸을 보내고 어찌 살아갈까.' 하며 땅을 치며 통곡하던 그날. 그 모습이 아직도 선명해. 네가 떠나기 일주일 전 우리가 만났을 때 나한테 손목시계 자랑을 했지. 알고 보니 그게 너희 엄마의 마지막 선물이었어. 네가 꼭 손목시계를 갖고 싶어 했다며. 악착같이 살려고 하는 너의 실낱같은 희망에 엄마의 간절한 소망도 얹어서 말이야.

이제 그때 뛰어놀던 친구들도 몇몇은 하늘나라로 여행을 떠났어. 친구들이랑 재미있게 놀고 있어라. 언젠가는 가야 할 길이지만 아무리 생각해도 넌 너무 일찍 갔어. 길을 가다가 아니면 텔레비전에서 〈찔레꽃〉 노래가 흘러나오면 절절한 가사에 네 생각이 나서 멈칫하기도 해. 그러고 보니 수수한 찔레꽃이 꼭 너를 닮았어.

친구야! 해마다 하얀 찔레꽃이 피면 난 가슴앓이를 한다.

다음에 만나면 네가 모르는 이 세상 이야기 다 해 줄게.

안~~녕.

2019년 6월 30일
너의 단짝 미경이가

나는요? | 이미경

다문화 학생 한국어강사, 이주여성독서회강사, 평생학습센터 한문강사로 활동하고 있습니다. 점차 늘어가는 다문화 학생들이 우리나라에 적응하는데 보탬이 되고자 최선을 다하고 있습니다.

사랑하는 조카에게

이성순

세상에 태어나서 처음으로 받아볼 편지를 너에게 쓴다.

재학아!

네가 처음 태어났을 때 너무 작아서 나는 너를 정면으로 바라볼 수가 없었다. 할머니도 얼마나 기뻐하셨던지…. 네가 태어난 뒤부터는 우리 집에 웃음꽃이 피었단다. 그 할머니의 뜻을 알기라도 하는 듯 너는 날마다 예쁘게 자랐단다.

그런데 어느 날 네 아버지의 부족을 핑계 삼아, 네 엄마가 집을 나갈 때 고모인 내가 애면글면하며 붙잡았지만, 네 엄마는 몸부림을 치면서 미련 없이 떠나버렸단다. 그래서 나는 중학교 시절에 만사를 제쳐놓고 너를 키웠단다. 그런데 문제는 엄마의 따뜻한 젖이 없어서 쌀로 미음을 끓여두었다가 너에게 데워 먹였는데 차가워서 매우 힘이 들고 마음이 아팠단다.

옛날에는 전자레인지가 없어서 자다가 네가 일어나면 신문지로 죽을 데워 너에게 마시게 하였단다. 지금 생각하면 잘 때는 먹이는 것이 아니라는데, 그때는 배가 고프면 성장하지 않는다고 젖 대신 마시게 한 것이지. 그래서 고모가 크지 않았나 싶어 네 아빠를 원망하곤 하였단다. 이건 농담이고, '앗!' 나의 실수로구나.

자나 깨나 네 생각에 너를 업어 키우면서 시간을 보냈단다. 그래도 잘 자라주어서 고맙다고 생각했는데, 어느 날은 불덩이같이 네 작은 몸에 열이 올라서 밤새워 너를 끌어안고 괴로워하던 일과 설사를 촬촬 쏟을 때는 정말 낙엽이 떨어지는 저 가을보다 더 슬퍼서 고모가 엉엉 울어버렸단다.

옛날엔 수도도 없이 일일이 두레박으로 물을 퍼 올려서 걸레를 빨아야 하는 시절이었단다. 너는 지쳐서 눈이 쑥 들어가고 까무러져 누워버리고 잠만 자더구나.

지금 생각하니 어린아이가 성장 과정에서 거쳐야 하는 단계였는데 그때는 얼마나 불안하고 초조했는지 모른단다.

우리 조카 불쌍해서 어떻게 하면 좋단 말인가? 하나님이시여! 신이 보고 계신다면 엄마도 없는 우리 불쌍한 조카 설사를 멎게 해주십사 하고 열심히 빌었단다.

작은아버지도 네가 외롭고 가엾다고 맛있는 것을 자주 사다 주셨단다. 할머니는 네가 이 세상에서 제일 외롭고 쓸쓸한 아이라며 불쌍해서 어떻게 하느냐고 걱정하셨단다.

세월이 흐르고 흘러 어느덧 성장하여 착하게 학교도 잘 다니고 공부도 잘하여 아빠를 닮았구나 싶었다. 보람을 느끼며 고모도 무척 기뻤단다. 훗날까

162

지 의젓하게 일 잘하고 열심히 살아온 대한의 늠름한 사나이가 되어주어서 고맙고 또 고마워. 고모가 부자가 된 기분으로 고향 친구들에게 마구마구 자랑도 하고 마음이 뿌듯하고 좋았단다.

그런데 왜 장가를 가지 않았느냐? 늦었지만 고모가 중매를 섰는데도 마다하고 결혼을 하지 않으니 가슴이 아프다. 엄마와 아빠는 과거를 후회해도 이미 늦었지만, 너라도 앞으로 행복하게 살아야 하는데, 왜 고모 말을 이해 못하고 결혼을 받아들이지 않는지 안타까울 따름이다.

사람은 뒤를 돌아보지 말고 앞을 내다보고 살아야 한단다. 어떻게 살아갈 것인지? 5년 후 10년 후……. 노후대책을 하고 여름에 겨울 준비를 하고 겨울엔 여름 준비를 하며 이렇게 말이야.

인간은 혼자 살 수가 없단다. 가족이 있어야 하는데 친구도 좋을 때만 친구지 사람은 서로 돕고 살아야 하는데, 늙어서 어떻게 살아가려고 그러느냐? 인생은 돈만 갖고는 살 수가 없는 거란다.

사랑하는 나의 조카 재학아!

이를 어찌하면 좋단 말이냐 네 아빠까지 갑자기 돌아가시고 재산 정리는 어떻게 하고 이 험한 세상을 어떻게 살아간단 말이냐?

나도 이젠 나이가 많으니 너를 더 이상 도울 수가 없구나. 네가 한 번씩 오면 밥 한 그릇 먹이고 한두 가지 밑반찬이나 챙겨줄 정도란다.

그런데 인생은 산 넘어 산이라고 이 늙은 고모 앞에서 그놈의 나쁜 병이 걸려서 이 마음을 갈래갈래 찢어지게 하느냐. 할머니께서 우리 집안 장손라고 얼마나 즐거워하셨는데….

네가 수술대에 올라간 순간 내 자식이 아픈 것처럼 입이 바짝바짝 마르고 얼마나 떨었는지 모른다. 처음으로 네 엄마와 아빠를 원망하였단다. 기다리는 아홉 시간이 얼마나 애타고 절박했는지 몰라.

"조카야 고맙다." 제일 먼저 내가 너에게 한 말이다.

의사 선생님의 수고 덕분이기도 하지만 네가 잘 견뎌 주어서 고맙구나. 부디 건강을 회복해다오. 너도 마음을 조급하게 갖지 말고 긍정적으로 생각하렴.

몸을 추스르고 항암 치료할 때까지 몸을 안정시켜야지. 몸 따뜻하게 하고 우선 살고 보자. 살아만 다오. 유산 같은 것은 필요 없다. 네가 잘못되고 내가 유산을 받으면 무엇하겠느냐.

재학아, 말이 씨가 된단다. 우리 남은 세월을 긍정적으로 잘 살아보자. 이 세상에 안 되는 일이 없을 것 같아. 남북도 언젠가는 통일이 될 텐데, 하물며 의학이 발달한 지금 세상에 네 병 하나 못 고치겠니? 그나마 말기가 아닌 것을 다행이라 여기며 감사히 살아 보자.

지금 창밖에 비가 내린다. 이 비가 그치면 이젠 날씨가 맑고 화창할 날만 남았겠지. 기다려 보자. 고모가 너를 도와줄 수 있는 건, 하늘 향해 두 손 모으고 백일기도를 하는 것뿐이란다. 우리 조카 회복을 빌면서 재발하지 않게 해달라고….

조카야, 우리 잘 살아 보자꾸나. 사랑하는 나의 조카 재학아! 막내고모가 많이 사랑해.

2019년 5월 27일 새벽에
막내고모가

편지마을 회원님들에게

이성순

지난날 전북 김여화 회장에게서 편지 한 장이 날아와 인연이 되어 편지마을 회원이 되었답니다.

그 뒤 편지마을에서 편지쓰기 대회 때 난생처음 장려상을 탔는데 너무 기뻐서 아들 친구에게까지 자랑을 하였지요.

거기서 손광야 갑장을 만나 지금도 정을 나누며 살고 있답니다. 그땐 어렸던 아들이 장가를 가서 낳은 아들이 대학에 들어갔습니다. 참 세월이 빠릅니다.

예전에 제가 정정성 회장님 취임식 차 상경할 때는 말할 수 없이 기뻤답니다. 정정성 전 회장님 안녕하세요? 요즘은 어떻게 지내시는지 궁금하고 많이 뵙고 싶습니다.

그리고 전주 덕진공원에서 연꽃이 활짝 피었던 날, 서금복 회장님이 청바지 차림에 두 아드님과 남편이 동행하였을 때 얼마나 멋있었는지 몰라요. 그때의 열정 그대로 서금복 회장님은 그 바쁜 와중에도 우리 편지마을을 여기까지 이끌어 오셨지요. 아무나 할 수 없는 일이기에 대단한 일입니다.

또 개인적으로 모두가 불편하다고 실천 못 하는 한복을 회장님께서 자주 입어주시어 한복을 선호하는 한 사람으로서 매우 기쁘더군요. 더군다나 온 가족이 잠깐을 위하여 그 한복을 입는다는 건 경제적으로 시간적으로 낭비지만, 모든 불편함을 견디고 명절에 한복을 입는다는 건 여간 일이 아니지요. 진심으로 존경합니다. 부지런하지 않으면 안 되고 또 식구들이 협조를 잘해 주어야만 하는데 대가족이 마음을 맞춰 한복을 입은 모습이 무척 다복해 보였습니다. 매우 멋있고 아름다운 가족입니다. 회장님!

우리 장현자 부회장은 열심히 종교활동을 하시고 딸들이 외국에 살아서 아주 바쁜 몸인 것 같군요. 부회장님! 십 년이면 강산도 변하는데 변함없이 제자리를 지키는 모습이 의젓한 대나무나와 소나무처럼 느껴지네요.

다른 사람들은 명예나 이익을 따지고 별볼일 없다고 중도에 그만 나오는 사람도 얼마나 많은데요. 언젠가 모임 때 차를 몰고 와서 가까운 쪽으로 일부러 우리를 태워다 주시던 그 고마운 마음도 기억하고 있어요.

그리고 총무인 은초 씨의 수고로움 속에 우리가 이렇게 뜻깊은 책을 출판할 수 있도록 힘을 보태는 게 아름답습니다. 은초 씨는 유달리 우리말을 사랑해 회원들에게 알뜰히 가르쳐 주시고 외국 여행에도 손수 사진까지 찍어 보여주시는 정성이 고마워요. 체구는 작지만 정이 많은 우리 은초 씨가 편지마을에 있다는 게 든든해요.

또 다른 회원님 이계선 씨! 바쁜 와중에도 지방에서 상경해 주시고, 바리바리 선물을 들고 올라오는 그 고마움은 이루 다 말할 수 없습니다. 그 못지않게 해마다 잊지 않고 선물을 챙겨주시는 손광야 회원님, 허리는 좀 어떠신가요?

최영자 선생님, 김은향 후배님, 송정순 후배님, 엄정자 님, 김지영 님, 이연재 님! 멀리 문경에서 농사지으시는 이음전 회원님, 시를 잘 쓰시는 반혜정 회원님과 낭독 잘하시는 이루다 회원님, 그밖에 이름이 가물가물 생각이 안 납니다. 죄송해요.

참! 대구 김명숙님은 단톡방에 자주 올라와서 이름은 잘 알겠습니다만, 출판기념일 때 만납시다.

그럭저럭 살다 보니 인생을 헛살았다는 걸 알았지요. 자신이 부끄럽더라고요. 그래도 그것을 이제라도 알았다는 게 다행입니다. 남을 위해선 한 가지도 좋은 일을 한 것이 없어 부끄럽네요. 그렇지만 내가 편지마을 회원이며 글을 쓰며 산다는 것 만큼은 아주 잘한 일이라고 자부심을 가지고 싶어요.

저는 아직도 아기를 봐야 해서 당분간 모임 참석 못 해도 너그럽게 이해 바랍니다. 그 밖에 여기에 올리지 못하는 회원님들도 문운을 빌면서 모두모두 건강하고 행복하세요.

2019년 5월 30일
딸네집에서 이성순 드림

나는요? | 이성순

1950년 전북 부안 출생. 1995년 『문예한국』 수필등단. 2015년 창조문학 시등단. 수필집 『움직이는 허수아비』, 시집 『바람의 땅』. 집은 서울이고 경기도 딸네 집에서 아직도 아기를 보고 있습니다.

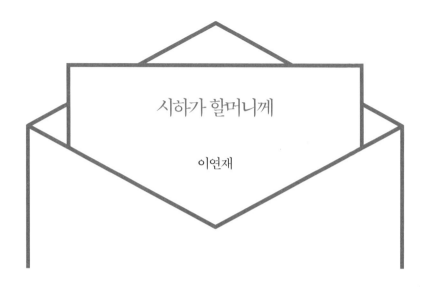

시하가 할머니께

이연재

저는 2018년 3월 20일에 태어났어요.

이제 8개월 된 유아지요.

멋지고 잘 생긴 아빠와 이쁘고 멋쟁이인 엄마, 사랑스럽고 애교 많은 누나와 한쪽 뺨에 보조개가 쏙 들어가는 것이 매력적인 샘 많은 형을 둔 저는 우리 집 막내지요.

어느 일요일 저녁입니다. 엄마 아빠가 외출을 하게 되면 늘 저만 쏙 빼놓고 누나와 형만 데리고 외출을 합니다. 저는 처음에는 좀 쓸쓸했지요. 서럽기도 했어요. 기분이 엉망으로 가라앉을 때 만만한 할머니께 서러워서 떼를 쓰고 웁니다. 그럴 때마다 할머니는 "우리 시하 골났구나, 이를 어찌하나." 하시면서 혀를 끌끌 차시다가 저를 달래려고 무지 애를 쓰십니다. "그러게 빨리 자라야지. 형이랑 누나랑 같이 따라가잖아." 하십니다. 심술이 나서 한참을 울었지만 결국 할머니의 사랑 앞에 웃고 말지요.

"자! 할머니와 놀자꾸나."
"아침바람 찬 바람에 울고 가는 저 기러기, 우리 선생 계실 적에 엽서 한 장 써 주세요. 구리구리 가위 바위 보!"
"어유, 울 시하가 이겼네!"
그러다가 저도 제풀에 풀려서 졸음이 솔솔 옵니다. 어쩔 수 없이 아기는 아기니까요. 제가 졸음이 오는 걸 재빨리 눈치 채신 할머니는 음정이 엉망인 목소리로 자장가를 불러 주시지요.

'엄마가 섬그늘에 굴 따러가면 아가는 혼자 남아 집을 보다가 바다가 불러 주는 자장노래에 팔 베고 스르르르 잠이 듭니다…'
가사가 좀 슬프지만 그래도 가만히 들어드립니다. 그 노래가 끝났어도 잠이 들지 않으면 또 다른 레퍼토리가 있지요.

'잘자라 우리 시하! 앞뜰과 뒷동산에 새들도 아가 양도 다들 자는데 달님은 영창으로 은구슬 금구슬을 보내는 이 한밤 잘자라 우리 아가'
끝마무리는 잘 모르시는지 얼버무리십니다.

'앞집개야! 짖지 마라 우리 시하 잠 좀 자게'
그렇게 듣다 보면 저도 모르게 잠이 들지요.

할머니가 형이나 누나보다 더 저를 안쓰러워하시는 마음이 있으세요. 말씀은 안 하셔도 제가 잘 알지요. 제가 아직 엄마 뱃속에서 살 때 아빠가 엄마에게 하는 서운한 말을 할머니가 들었지요. 엄마는 아빠의 말을 일소로 부치고 저를 품어 주셨어요. 할머니도 한 말씀 하셨어요.

'내가 늙은이 자손 욕심으로 이러는 거 아니다. 이미 생명인데 그럼 안 되지.'

그런 모든 이유로 할머니는 저를 감싸고 더 이뻐해 주십니다. 정확한 말이지만 누나나 형은 할머니가 기저귀 갈아주신 적 없고 우유 한번 타 먹이신 적 없으시대요. 그런데 저는 솔직히 엄마나 아빠가 아쉬우니까 할머니께 부탁하지 않을 수 없게 됐지요.

물론 저도 백일까지는 외할머니가 우리 집에 계시면서 저를 키워 주셨어요. 또 베이비시터의 손길도 받았지요.

그것으로 할머니는 외할머니께 너무 고마워하셨고 할머니 당신이 돌아가시면 할머니 집을 아빠가 아닌 저에게 준다는 말씀도 외할머니께 하시는 것을 들었지요. 제가 그만큼 안쓰러우신 나머지 보상해주시고 싶으셨나 봅니다. 어쨌든 저는 이 세상에 태어났습니다.

그러나 모든 일이 아빠의 뜻대로 되어가지 않았어요. 인간들의 삶에 있어서 세상일이 마음먹은 대로 살아지는 것이 아니라는 것을 저는 너무 일찍 알게 되었습니다.

아빠나 엄마가 힘들어하는 것은 둘째로 치고 할머니 혼자 삭이시는 그 심정이 어떠하시리라는 것을 어린 제가 벌써 알아버렸어요. 어느 날은 저를 안고 소리 내어 우실 때도 있었어요. 그럴 때는 제 가슴도 미어지는 듯 슬펐지요.

할머니 가엾은 할머니! 내가 어서 자라서 할머니 위해 드릴게요. 효도해 드릴게요.

이젠 저를 안으실 때 제 몸무게가 늘어나서 숨차 하시는 거 보면 제가 빨리 자라야겠다는 마음도 있지만 제가 자라나는 모습이 어느 땐 부담이 되더라 구요. 그래도 할머니는 어쩌다 제가 똥이라도 싸면 씩씩하게 제 엉덩이를 씻기러 화장실로 달려가시지요.

어느 날이었어요. 그날은 엄마 아빠가 가게에 볼일이 있어서 두 분만 잠시 외출하신 날이었습니다. 우리는 너무너무 신나서 누나와 형은 어린이 자전거를 타고 온 집안을 돌고 또 돌고요. 저는 저대로 엉금엉금 기어다니며 놀았지요. 그 모습에 행여 다칠세라 돌봐 주시는 고마운 할머니! 그러다 또 낮잠 자는 시간엔 우유 한 병 먹이고 재워 주셨지요. 형이랑 누나도 잠이 들었나 봐요. 그러다 설핏 잠결에 할머니가 누나에게 하는 말을 들었어요.

'유하야! 유하가 초등학교 6학년 될 쯤에는 할머니가 하늘나라에 가 있을지도 모르는데 우리 유하 할머니를 기억할까?' 그렇게 물으시니까 누나는 응응! 하며 고개를 끄덕였어요.

저는 "할머니 왜 그런 말 해!" 하고 싶었으나 아직 말을 못해서요.

"할머니 건강하게 오래오래 사셔야 해요. 할머니 감사하고 고맙습니다. 그리고 사랑합니다. 시하, 빨리 자랄게요."

2018 12월에
사랑하는 할머니께 시하 드림

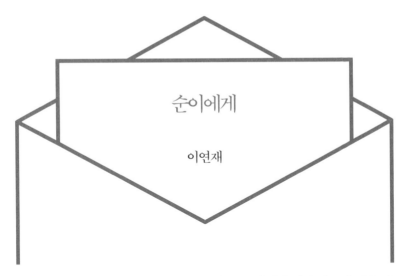

순이에게

이연재

늘 새벽 3시쯤이면 눈이 떠진다. 베란다 문을 열려면 아직 이르다 싶은 생각에 누가 시키는 것도 아닌데 습관처럼 그냥 십자고상 앞에 쪼그리고 앉지.

감사의 기도가 가슴속 깊은 곳에서 자연스럽게 흘러나와. 내가 이곳으로 이사온 지 벌써 한 달이 되어가나 봐. 혼자 살기에 넓은 거실이 너무 좋아. 순이가 이렇게 물을 것 같구나.

"이제 살만하세요?"

"그럼 이젠 다 괜찮아. 넋나간 듯 살던 시간에 남은 흔적이 아직은 끔찍하지만 말이야."

이 풍족한 시대에 쌀 항아리에 쌀을 채워 놓을 경황조차 없어서 아침을 굶고 출근하는데 왜 그리 쓴웃음이 나던지, 이젠 그런 날도 그리워지네.

일단 사람이 그리웠어. 내가 왜 이렇게 되었나?

순이가 손 내밀 때 염치불고하고 잡았어. 나에게 닥쳐온 거짓말 같은 절망적인 현실을 나보다 더 힘들어했던 순이야!

못나고 어리석은 형이 겪는 고통을 자신이 도와주는 것이 낫겠다는 마음으로.

그 와중에 닥쳐온 가슴의 수술이었어. 아프다는 거, 그것도 만만치 않게 슬프더라. 나중에 알고 질책을 했어. "아플 땐 아프다고 연락 좀 하세요."라고 모바일로 힘내라고 보양식 삼계죽을 보내줬던 착하고 고마운 순이야!

며칠 쉬었어야 했는데 하루만 쉬고 직장을 다녔더니 육신이 힘들더라. 나의 삶은 수많은 우여곡절의 연속이었지만 다가오는 매순간이 무슨 일이 일어날지 아무도 모른다는 것이야.

내가 어떻게 하고 어떻게 행동해야 하는가에 따라서 좋은 일과 나쁜 일이 생기지만 때로는 내 의지와 상관없이 시련은 내 앞에 다가와 나를 괴롭히지.

내가 지난날 여유있게 살 때 늘 통장 잔고엔 쓰고도 남아있던 그런 생각만으로 순이 마음을 힘들게 했다는 것을 우리 순이도 그리 사는 줄 알았어. 그럼에도 내 편에 서서 나의 고통을 같이 힘들어했던 착하고 고마웠던 동생을 나 잊지 않고 있어. 순이가 나를 잡아주지 않았다면 지금 이리 살고 있지 못했을 거야. 이 세상을 살아갈 의욕이 자꾸만 가라앉아졌으니까.

삶과 죽음은 종이 한 장 차이라더라. 지금 순이에게 이 글을 쓰면서도 눈물이 앞을 가려서 잠시 쉬어야겠어.

무념의 상태에서도 스치듯이 지나가는 순이의 모습이 눈앞에 떠오르곤 해. 지난달 만났을 때 얼굴에 붓기가 있었는데 지금은 괜찮은지?

작년 초가을, 그 무덥던 폭염도 서늘한 가을에게 자리를 내주고 물러났을 즈음이었어. 대자연의 순리의 따르는 중심원에서 깊어가는 가을 하늘을 바라볼 즈음이었어. 세상이 멈춘 듯 곤두박질치고 온 사물이 정지되는 듯한 시런이 몰아쳐 들었어. 아침이 오든 밤이 오든 그 어둠조차도 구분을 하지 못했어. 산다는 것이 사치 같다는 생각이 들었지. 자꾸만 숨어 들어갔지. 고통을 짊어진 몸이 들킬세라 가슴속 깊은 곳에서 뭉클거리는 덩어리, 그건 슬픔이 아니었어. 차라리 절망의 덩어리였어.

결국 나는 금융기관에서 월급까지 동결되는 끔찍한 현실 앞에 망연자실 고꾸라질 수밖에 없었어. 심장이 쪼그라들었어. 그때 내 손을 잡아 준 것이 순이 너였어. 그 손은 너무 작고 연약했으나 고귀하고 참으로 따뜻했지.

그간 내가 어떻게 살아왔는지 뒤돌아보게 한 계기가 되기도 했어. 산다는 것, 내가 아무리 올바르게 살아왔다 해도 순간의 시련이 덮치면 신의를 모조리 잃게 된다는 거야.

힘들었던 고통의 시간 절반을 함께해준 거 정말 고맙다고 말하고 싶네. 좀 식상하더라도 할 말은 해야지, 말 안 하면 귀신도 모른다고 하니까.

지금 나는 살아 있는 것에 감사하고 있어. 하루를 그냥 사는 것, 살아내는 것에 의미를 두고 오늘 하루를 소중하게 살아가고 있어.

지금 이 시간 혼자 살아도 스스로 의도하지 않았어도 또는 의도했어도 재충전의 시간이 될 수 있어서 의미 있는 일이야. 고갈된 마음에 물을 채우고 하마터면 놓칠 뻔했던 새로운 샘물을 퍼 올릴 수 있는 전화위복의 시간이 내 앞에 서 있는 거야.

세상은 넓다면 넓고 좁다면 좁은 이 세상에 슬픔과 고통이 있다면 그 고통을 같이 나누어 줄 사람이 곁에 있으면 견뎌낼 수 있다는 것도 알게 됐지. 세상 속에는 크고 작은 아픔과 슬픔이 공존하지. 늘 기쁘고 찬란할 수만은 없는 것이 인생길이야.

이제 앞으로는 나에게 주어진 삶의 무게를 짊어지고 묵묵히 살아갈 거야. 삶이 힘들다고 느껴질 때 잠시 쉬어가면서 그것은 나에게 주어진 마지막 자유일 게야.

그냥 다 괜찮아! 괜찮은 거야! 살아보자! 살만하지 않은가! 끝나지 않을 것 같았던 고통도 끝이 있다는 걸 알게 됐으니까.

민망해서 손을 놓은 사람들 속에서 끝까지 내 손을 잡아주었던 순이의 인정에 다시 한번 감사해!

언제까지나 순수한 그 마음 잊지 않을 거야.

바람이 불어오네. 이 높은 층 안으로 시원한 바람이 베란다 문을 열기도 전에 스윽 들여다보는 바람! 오늘따라 바람마저 반갑구나.

언제까지나 이 못난 형 어찌 살아가나 궁금하게 생각해주기야.

순이! 늘 잘 지내길, 건강 조심하고 다음에 한번 놀러와!

내가 어떻게 살고 있나 들여다봐야지.

안 그래?

2019년 7월에
문산 선유에서

나는요? | 이연재

나는 인생을 살아오면서 여러 문제로 힘든 일을 많이 겪으면서 살아왔습니다. 이제 말년에 시련이 끝나고 행복한 일만 있을 줄 알았는데 또 한번 큰 시련을 겪어야 했습니다. 하지만 내 손을 잡아준 고마운 사람들 덕분으로 나는 더는 좌절하지 않으려 합니다.

그 고마움을 조금씩이라도 갚아야겠다는 마음으로 남은 인생 살아가려고요.

편지마을은 언제나 내 삶의 기둥이 되어 줬습니다. 선후배님들! 고맙고 또 고맙습니다. 편지마을! 영원히 사랑하고 사랑하며 살겠습니다.

2017년에 『무딘 귀에 들려오는 바람소리』 수필집을 펴냈습니다.

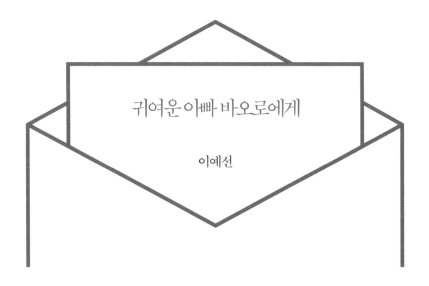

귀여운 아빠 바오로에게

이예선

아빠 바오로!

세례명을 바오로라 짓고는 '아빠 바오로'라 스스로 칭하던 이름이 이젠 익숙한 호칭이 돼 버렸네요. 게다가 어린 딸내미가 말문 트였을 때 퇴근하는 아빠를 보고 '귀여운 아빠다'라고 하는 바람에 지금껏 귀여운 아빠가 돼 살아온 당신.

그때만 해도 젊고 앞날이 창창하던 시절이었는데 벌써 은퇴를 앞두고 있으니…. 주름에다 검은 머리가 허옇게 변할 정도로 세월이 많이 흐르긴 흘렀네요.

그렇다고 기분 가라앉지는 않으렵니다. 얼굴에 주름 많이 생겼다고 투덜대는 나에게 그 주름 만들기 위해 열심히 살아 온 거라는 말 기억하거든요. 아빠 바오로 역시 우리 위해 그 주름 만들어 온 것 누구보다 잘 알기 때문이에요.

귀여운 아빠 바오로!

이렇게 편지를 쓰다 보니 절로 옛날 생각이 나네요. 오랜 연애 끝에 부부가 되고 부모 도움 없이 우리 힘으로 살아보겠노라 단간 옥탑 방에서 신혼살림을 시작했잖아요. 사실 돈이 없기도 했지만, 이만큼 키워줬으면 됐지 무슨 도움이냐며….

새끼 쥐가 우리와 같이 살겠다고 방으로 들어오지를 않나, 어찌어찌해서 서울 친정 가까운 동네 낡은 13평 아파트로 이사했는데 바퀴벌레가 터줏대감 노릇을 하지 않나. 당시엔 너무 끔찍했는데 지금은 미소 지어지는 추억이 되어 버렸네요.

적은 봉급 생활에서도 조금씩 모아 우리 첫 집 17평 아파트를 장만하던 때, 이삿날까지 남은 두 달여 동안은 우리 집 보러 가자며 매일 저녁 그 집 주위를 한 바퀴씩 둘러보고 좋아했던 일들이 어제 일처럼 선명해요. 후에 더 넓은 집으로 이사를 했어도 그때만큼 좋았던 때가 없었다며 두고두고 얘기했었죠.

아파트 뒤편 골목시장도 기억나나요? 일명 도깨비 시장이라 불리던 그 시장에서 허름한 조끼 하나 사 입고 주말만 되면 설악산으로 경포대로 여행을 다니곤 했지요. 지금은 누가 거저 준다 해도 입지 않을 그런 조끼. 하하, 그때 사진 보면 촌스러워서도 웃음이 터지고, 행복하고 즐거웠던 그 시절이 생각나서도 웃음이 나네요. 참 순수했던 젊은 시절이었지요.

지금이야 유명 상표 골라가며 백화점 상품을 사 입으니, 이만큼 형편이 나아지고 풍족한 생활을 누리는 일도 성실히 일해 준 귀여운 아빠 덕분임을 잊지 않고 있답니다. 그렇다고 개구리 올챙이 시절 잊어버린 건 아니니 괜한 염려는 마세요.

일일이 다 기록할 수는 없지만 지난 세월이 주마등같이 스쳐가네요. 평생 해 왔던 일을 이제 손에서 놓는다 하니 얼마나 허전할까 싶지만 '그래, 이제 쉬어야지, 쉴 때도 됐어.' 하고 생각하니 차라리 기쁜 마음도 들어요.

더구나 은퇴 이후의 생활을 미리 계획하며 준비해 왔으니 이제 원하던 전원생활 하며 악기 봉사도 할 수 있게 됐잖아요.

색소폰 연주며 플루트 부는 모습 빨리 보고 싶고 박수 쳐주고 싶어요. 본인만의 기쁨을 위해서가 아니라 음악회 한번 못가는 어려운 이들을 위해서, 비록 시설 등에 있지만 그들에게도 제대로 된 음악을 들려줘야 한다며 열심히 연습하는 모습을 보면 내 남편이지만 자랑스럽기까지 해요. 가족을 위해서도, 남을 위해서도, 열심히 사는 모습이 얼마나 보기 좋고 고마운지 모르겠어요.

그 어느 곳보다 유혹 많고, 온갖 사건이 난무하는 어려운 직장에서 중심 잃지 않고 잘 살아줘서 감사해요. 지난날들을 아름다운 추억으로 기억할 수 있게 가정 잘 이끌어줘서 고마워요. 마음으로나마 큰절 올립니다.

귀여운 아빠 바오로!

여태껏 수고 했으니 이제는 푹 쉬었으면 해요. 작은 시골집에서 손바닥만 한 땅일지언정 일구고 가꾸며 남은 인생 건강하게 행복하게 우리 잘 사십시다.

2019년 7월 17일
마눌 세라피아 드림

나는요? | 이예선

광진구에 거주하는 평범한 가정주부입니다.
광진문화예술회관 수필반에서 서금복 선생님 만난 인연이 편지마을로까지 이어졌습니다.
선생님과 많은 분과의 만남이 제 인생에서 좋은 흔적이 되었으면 합니다.
저의 흔적 또한 향기로 남을 수 있으면 참 좋겠습니다.

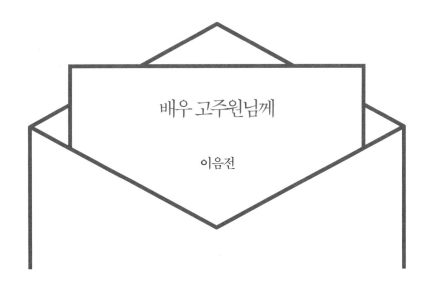

배우 고주원님께

이음전

이렇게 편지를 쓰려고 컴퓨터를 켜고 앉으니 조금은 민망합니다.

이 나이에 젊은 연예인에게 나의 마음을 전하는 글을 쓰리라고는 생각해 본 적조차 없으니까요. 제가 속해 있는 문학회에서 발행하는 올해의 단행본은 편지글로만 엮는다는 걸 알고 그 대상을 별 고민 없이 고 배우님으로 정했습니다. 친구나 가족들을 과감히 제외하고 편지를 쓰기로 작정한 나름의 이유 몇 가지가 있기는 합니다.

우연히 시청한 어떤 프로그램을 통해 배우님을 처음 만나던 날의 기억은 지금도 너무나 선명해요. 결혼하지 않은 노총각 연예인과 일반인 여성과의 실제의 달달한 연애담이 고스란히 화면을 통해 안방까지 전해 오는 획기적 프로그램이었으니까요. TV를 켜면 설정과 꾸미기 천지여서 시청자들은 식상함을 느끼던 때문일까요? 개인의 사랑 이야기마저도 진짜를 원하는 분위기의 중심에 고 배우님이 있었어요. 실제로 그 프로그램을 통해 다른 한 배우는 상대 여성과 결혼에까지 이르러서, 사람들은 더욱 애정을 가지고 시청한다고 생각했습니다. 연예인이기에 혹은 예능이니까 라는 전제가 있어서 연출도 완전히 배제할 수는 없겠지만요.

여자 앞에서 서툰 그날의 배우님은 마치 또래인 제 아들이라 착각하게 되더군요. 내성적이어서 말수도 적고 수줍은 듯 쩔쩔매며 소개팅 여성과 간신히 대화를 이어가는 모습이 얼마나 귀엽던지요. 아들 둔 엄마의 심정으로 '좀 더 용기를 내주면 좋았을 텐데.'라며 아쉬워했죠. 아들 녀석도 처음 만나는 여자 앞에서 저렇게 어색해하지 않을까? 배우님의 일거수일투족을 아들과 연관 지어 상상해 보기도 하고요.

요즘 연애에는 여자 친구가 흡족하도록 음식을 만들어 주는 것도 필수며 일상이라면 겨우 라면이나 끓일 수 있는 아들은 후한 점수를 받을 리가 없겠다 싶어 그 또한 안타까운 부분이에요. 과묵하며 자상함이라고는 찾아볼 수 없는 전형적 경상도 남자인 아들에게 상대 아가씨는 얼마나 재미없다 여길까요? 배우님은 다행히 꼼꼼한 솜씨로 코스 요리를 만들어 내더군요. 상대방 아가씨가 감동을 받아서 상기된 표정이 반복해서 화면에 클로즈업되던데요.

배우 님이 연예인이어서 연애 따위는 선수가 아닐까 하는 처음 생각은 완전한 편견이었어요. 서툴고 부끄러워하는 그 점에 저는 매력을 느끼고 호감을 가져 열렬한 팬이 되었는지 모르겠습니다. 더군다나 배우 님은 학창시절에는 특별히 성적이 좋아서 뇌섹남이라는 수식어도 달고 사신다면서요?

부모님께는 얼마나 든든하고 자랑스러운 아들이었을까요. 화려하지만 말도 많고 탈도 많은 연예계에서 바르다는 평가를 받는다는 건 평소 생활에도 얼마나 모범적인지를 미루어 짐작하겠어요. 검색해보면 배우님의 개인적 성향도 쉽게 파악할 수 있는데 매사에 반듯하다는 인상을 받았어요.

삶을 신중하고 진지하게 받아들일 줄 아는 사람은 실수가 적은 편이잖아요. 조금은 답답하고 고지식한 듯해도 정도를 걷는 남자는 누구에게든 인정받는다는 증표가 아닐는지요?

〈연애의 맛〉이라는 제목처럼 청춘 남녀의 연애이야기는 제삼자의 입장에서도 두근거리며 설렙니다. 나이가 들었다고 해서 애틋한 감정이 완전히 사라지지는 않나 봐요. 배우님이나 상대 아가씨의 인스타그램(사회관계망서비스)에는 나이 지긋한 팬들의 뜨거운 응원 글로 날마다 달구어지고 있는 걸 쉽게 확인할 수 있으니까요. 설레서 새벽까지 제대로 잠들 수 없었다는 글도 있고 메마른 생활에 두 분의 연애는 활력이 되어 삶이 새삼 아름답다는 분들의 글도 읽은 기억이 납니다. 늦은 시간대의 방송이어서 혹여 잠을 못 이겨 놓치기라도 하면 어쩔까 싶어서 저도 눕지 않고 꼿꼿하게 앉아 독서 핑계를 댄 적이 있으니까요.

딸 같아서 혹은 아들이라 여겨져서 눈을 떼지 못하고 연애의 진도를 눈여겨보노라면 세상 어느 순정 영화가 이보다 달콤할까요. 두 분의 데이트가 즐거우면 저의 기분도 상승하고요. 다퉜다면서 한동안 두 분이 불편한 관계로 지내시는 기간에는 서로의 마음이 크게 다치지 않았을까라는 염려를 내려놓을 수 없었답니다.

제 아들의 연애가 순조롭지 못해서 서로 번민 안에 있는 듯 아팠어요. TV

안의 '연애의 맛'에 현혹되어 '사는 맛'을 더해준다는 저를 보고 이웃들은 일본의 주부들을 떠올리더군요. 드라마 주인공이었던 한류배우를 보기 위해 일본의 주부들이 용감하게 한국행 비행기에 오른 시절이 길었다고요.

한글과 우리말을 익히고 경제적 부담을 안으면서 해외에까지 달려오는 그들의 열정을 그때는 부질없다 여기며 의아한 시선으로 바라볼 수밖에 없었습니다. 제가 그들이 되어 배우님과 연인 보미 씨를 너무 사랑하고 있네요.

팬들의 성원에 보답한다며 머지않아 서울의 모처에서 작은 바자회를 연다는 공지가 떠서 놀랍고도 반가웠습니다. 정확한 날짜와 장소가 정해지면 저도 만사를 제쳐두고 참여하고 싶어요. 여태 하염없이 기다리며 욕망 따위를 꾹꾹 누르는 삶이었다면 작지만 이제라도 적극적으로 그런 일들부터 행동으로 표현하고 싶어졌습니다. 두 분의 상징인 '보고'라는 보랏빛 곰 인형도 꼭 사고 싶어요. 날마다 지난 영상을 '다시 보기' 하는 것에서 벗어나 면발치에서라도 예쁜 사랑 키워가는 두 분을 만나고 싶어요. 제가 정말 서울행을 감행한다면 드라마 속의 연예인을 보기 위해 비행기를 타고 현해탄을 건너는 일본의 주부들과 무엇이 다를까요? ㅎㅎㅎ

연인에게 다가가는 배우님의 사랑은 아직도 진행형이지만 더디고도 침착하지요. 그러기에 그 사랑의 진실을 믿습니다. 저와 팬들의 바람대로 연인 보미 씨와 꼭 결실을 이루신다면 정말 좋겠어요. 예능은 예능으로만 바라보아야 한다지만, 결혼이 연애의 완성이 아니라고도 하지만 배우님과 파트너 보미 씨의 품성을 알고 있으니까요. 두 분은 프로그램을 위해 사랑까지 가면으로 연기하지 않았다고 생각합니다. 출연을 접는 그 시점쯤 두 분의 결혼 소식이 전해지면 더없이 좋겠습니다. 아들도 여자 친구와의 사랑이 무르익어서 결혼 소식을 들고 대문에 문득 들어선다면 이중 삼중으로 저는 기쁠 것입니다. 꼭 그렇게 되기를 진심으로 소망합니다. 서로에게 조금의 상처도 받지 말고 무사히 프로그램을 마칠 수 있기를 또한 바랍니다.

두 분 심약하고 너무 말랐다는 의사 선생님의 진단이 있던데 여름 감기 부디 유의하세요.

2019년 7월 8일
경북 문경에서 이음전

나는요? | 이음전

경북 문경에서 살고 있습니다.
오래된 회원입니다.
편지마을에 애정이 가득하면서도 문학의 뿌리가 튼실하지 못해서 항상 부끄럽습니다.
농사지어서 가공하고 판매까지 담당하는 '이음전 식품'의 대표예요.

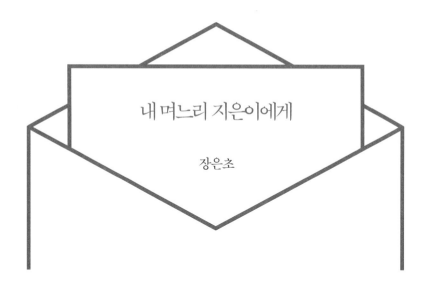

내 며느리 지은이에게

장은초

지은아!

2년 전, 네가 우리 예비 며느리였을 때 예비 시어머니로서 너에게 편지를 썼었지. 너를 맞이하는 설렘으로 함박웃음을 머금고 쓰던 편지였는데, 2년이 지난 지금 나는 또 너에게 편지를 쓰고 있구나.

네가 살아오면서 가장 힘든 시간과 마주하고 있는 너를 생각하면 마음이 짠해 눈물이 솟구치려 한다. 그래서 애써 무슨 일이든 하면서 신산한 생각을 없애려고 빨지 않아도 되는 옷을 내다 빨고 그릇을 꺼내 씻어보기도 하면서 후딱후딱 시간이 흘러가 주기만을 바라면서 말이야.

지은아!

네가 우리에게 손주를 안겨줄 거라는 소식을 듣던 날 우린 무척 기뻤단다. 너희가 결혼한 지 1년이 지날 무렵부터 슬슬 기다림이 시작되었는데 마침맞게 찾아와 준 우리 쑥쑥이(태명)가 고맙고 너에게도 고마웠단다. 아니 세상 모두에게 고마움을 전하고픈 날이었다.

결혼을 했으면 모름지기 부부에겐 자식은 있어야 한단다. 자식이 없어도 잘 사는 부부가 있다면 그건 정말 천생연분일 테고 아니면 쇼윈도 부부가 아닐까 싶다. 그 정도로 부부에겐 자식은 꼭 필요한 거야.

흔히들 자식은 부부라는 나무에서 열리는 열매라고 생각하지만 실은 부부 나무를 지탱하게 해주는 뿌리가 자식이라는 말이 더 맞을 것 같아. 남들은 어떻게 생각하는지 몰라도 난 그렇게 생각한단다. 그러니 우리 쑥쑥이의 존재를 알려줬던 날의 기쁨은 너희도 완전한 한 가족을 이루며 뿌리를 내린다는 기쁨이 아니었을까 싶다.

10월 초쯤에나 만나야 할 우리 쑥쑥이가 무엇이 급한지 6개월 만에 세상 밖으로 나오려고 한다니 하늘이 깜깜하더구나.

우리가 여행을 간 사이 너희 둘이서 얼마나 노심초사하며 마음고생을 했겠나. 우린 그것도 모르고 가족 톡방에 한가하게 사진이나 올리며 유럽 음식이 맛이 없네, 여행 중에 몸살이 났네, 하는 이야기들만 잔뜩 늘어놓고 했구나.

지은아, 그래도 천만다행으로 위험한 고비는 지났다지만 출산 때까지 네가 병원 생활을 해야 하는 것도, 맘대로 돌아다니지 못하고 오로지 침상에만 있어야 하는 것도 여간 일은 아닐 테지. 젊은 네가 얼마나 갑갑하겠니?

쑥쑥이를 지키려는 엄마 마음으로 견디고 또 견뎌내야겠지만 그런 너를 지켜보자니 우리 마음은 안쓰럽기 짝이 없구나.

많이 힘들겠지만 부디 삼복더위 다 가고 생량머리 들 때까지만 우리 쑥쑥이 지켜줘.

지은아,

너희의 힘든 시간을 속수무책 지켜보며 애타는 마음이야 이루 말할 수 없지만 시엄마로서 또는 인생 선배로서 이런 말은 꼭 해주고 싶다.

인생을 멀리 내다보렴. 오늘 당장 힘들어 죽을 것 같아도 시간이 지나면 언제 그랬냐는 듯 즐거운 날이 찾아온단다. 태산을 넘으면 평지를 본다는 속담처럼 말이다.

사계절에 늘 햇볕 비치는 날만 있겠니? 비바람이 부는 날도 있고 눈보라가 치는 날도 있지 않겠니. 그런 날을 골고루 겪으며 우리 인생은 성장하는 거고 단련이 되는 게 아니겠나. 이건 누가 가르쳐줘서가 아니라, 인생을 살아 보니 저절로 터득이 되더구나. 지은이도 오늘 당장은 힘이 들어도 훗날, 오늘을 떠올리며 옛말하듯 하게 될 거야. 너희는 젊음이라는 밑천이 있으니까 그것도 시련을 견뎌내는 버팀목이 되어주겠지.

나는 요즘 이런 기도를 드린다. 교인도 아니면서 기도가 가당찮은 일이긴 하다만 그저 아무 대상에게나 또는 조상님들께나 마구 붙잡고 간구(懇求)하는 심정으로 속엣말을 주절거리는 거지.

"나에게 받을 복이 조금이라도 남아있다면 우리 지은이에게 주소서!"

"내가 살면서 누군가에게 조금이라도 적선을 쌓았다면 그 덕을 지금 우리 지은이에게 베풀어 주소서!"

"우리 지은이에게 앞으로는 꽃길만 걷게 해 주소서!"

속 깊고 착한 내 며느리 지은아!

우리 쑥쑥이가 힘찬 울음을 터뜨리는 날까지 모두 겸손한 마음으로 힘을 모으고 또 모으자. 그것만이 지금 우리가 할 수 있는 최선인 것 같다.

우리 조금 더 힘내기!

2019년 6월의 끝머리에서
시엄마가

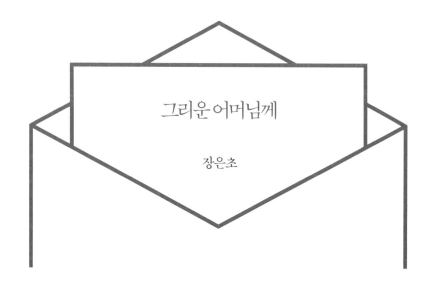

그리운 어머님께

장은초

　어머님 계신 곳은 어디쯤인지요? 그곳도 더위가 시작되었나요? 부칠 수도 없지만 이 편지는 아마도 바람이 전해줄 거라 믿으며 아주 오랜만에 어머님께 글월 올립니다.

　어머님, 며칠 후면 어머님 가신 지도 3년이 됩니다. 그러고 보니 어머님은 태어나신 것도 여름이고 이 세상을 하직한 것도 더운 여름이네요.

　해마다 삼복더위에 우리 며느리들은 어머님 생신을 준비하곤 했지요. 예전에는 지금처럼 냉장고가 크지 않아서 만들어 놓은 음식을 다 보관할 수 없었지요. 실온에 보관한 음식은 한나절만 지나도 쉰내가 나기도 했어요.

　음식 준비한 큰형님께서 가장 속상해하셨고요. 그래서 제사 음식은 조금만 하자고 해도 큰형님께서 매번 많이 준비하시네요. 어머님 많이 드시고 가라는 형님의 넉넉한 마음이 아니겠는지요. 어머님 올해도 많이 드시고 가세요.

　어머님, 3년 전 어머님 가시던 날이 가끔 떠올라요. 어머님이 위독하다는 기별을 받고 아범과 부랴부랴 어머니 계시는 대구로 향했습니다. 우리가 도착했을 땐 어머님은 산소호흡기를 쓰고 실낱같은 가느다란 숨을 쉬고 계시더군요. 저희는 멀리 있다는 이유로 자주 찾아뵙지도 못했지만 어머님 가시는 길은 막내인 우리가 지켜보게 되었지요.

이미 말문을 닫은지라 임종이라 할 것도 없지만 어머님이 숨을 내려놓는 순간을 지켜봤으니 죄송하고도 황송했답니다.

어머님 가시던 2016년 그해는 아범이 직장 생활 중에 가장 높은 자리에 있을 때라 많은 분들이 조문을 오셨어요. 서울에서 대구까지 먼 길 마다않고 오셨고 근조화환도 아주 많이 들어왔었고요. 그게 무에 중요할까만 그래도 상갓집에는 사람이 북적여야 하고 근조화환도 많아야 남 보기에도 좋잖아요.

화장장 수골실에서 정말 한 줌의 재로 남은 어머님을 돌려받을 때 저는 눈물이 났습니다. 이 세상 어디에도 계시지 않는 분이 되었다는 게, 한 줌 재를 보니 실감이 나더군요. 그 순간 저는 간절한 바람 하나를, 산들바람 한줄기에 실어 보냈습니다. 다음 세상에 태어나신다면 지지리도 가난한 집안의 맏딸이 아닌 부잣집 막내딸로 태어나셔서 배우고 싶은 거 맘껏 배우고 꿈꾸고 싶은 거 맘껏 꿈을 꾸는 삶을 사시라고 말입니다.

어머님의 막내며느리가 된 지 딱 30년 만에 아흔넷의 어머님과 이별을 하였습니다. 결코 짧지 않은 세월이지만 어머님과 저는 한 번도 얼굴을 붉힌 적이 없지요.

어머님은 딸과 며느리를 절대 구분 짓지 않으셨어요. 시누님들이 친정에 와도 똑같이 부엌에 넣으며 같이 거들라고 가르치셨어요. 이 며느리에겐 저 며느리 칭찬을 하시고 저 며느리에게는 이 며느리를 칭찬하시는 점잖이 어머님을 우리 며느리들이 어찌 존중하지 않겠는지요?

제가 어머님을 존경하고 존중하는 이유가 한 가지 더 있습니다. 저와 비슷한 취미인 어머님의 그 학구열입니다. 신문이든 책이든 활자화 된 글은 뭐든 읽고 배우려고 애를 쓰시는 모습이 얼마나 예뻤는지 모릅니다. 제 글이 실린 책을 건네 드리면 안광이 지배를 철하도록 하며 끝까지 읽으시고 칭찬도 많이 해 주셨지요.

"니가 우예 이래 글을 잘 쓰노?"라고요.

어머님 연세의 어르신들은 거의 까막눈인데 비해 남다른 학구열을 지니신 어머님은 독학으로 한글을 깨치셨다지요. 그러니 지닐 총기가 대단하셨던 게 아닐까요? 어머님 말년에 몸 기능이 저하되어 걸음도 제대로 못 걸으셨지만 끝까지 놓치지 않은 건 초롱초롱한 정신이었습니다.

참 어머님! 생전에 저에게 두 번이나 당부하신 말씀, 잊지 않고 있으니 걱정 마세요.

"훗날 내가 없더라도 네 큰동서를 나를 섬기듯 하라."고 하셨지요.

그럼요, 그래야 하고 말고요. 저는 시어머니 복, 동서 복 모두 과분하게 누리며 살았으니까요. 고맙습니다, 어머님!

그런데 어머님!

요즘 어머님의 둘째 손자, 손부인 철표 내외가 마음고생을 많이 하고 있습니다. 진짜 어른이 되어 가는 과정이고 부모가 되어가는 과정이니 지금은 힘들더라도 곧 순풍에 돛을 단 배처럼 잘 흘러가도록 어머님이 꼭 도와주세요. 어디선가 누구에게 무슨 일이 생기면 달려오는 홍반장처럼 어머님께서도 한달음에 달려오실 것 같아요.

부디 손자, 손부의 지친 마음을 좀 어루만져 주세요.

"Don't worry!"라고요. 오늘은 어머님 믿고 저도 편안히 잠들게요.

어머님 안녕히 계세요 ♥

2019년 칠월의 초입에서
막내며느리 올림

나는요? | 장은초

편지마을에 입촌한 지 올해로 열여덟 해가 되었습니다. 십수 년간 총무일을 맡아 즐겁게 봉사
할 수 있었던 것은 편지마을이 제겐 문학의 친정이기 때문이지요.
격년으로 동인지를 펴내는데 어느덧 아홉 권으로 불어났습니다. 소중한 글벗들과 오랜 시간
도반이 되어 한길 걸어왔음을 자랑하는 소중한 책이지요.
작년에는 28년간 살던 서울을 벗어나 로맨틱 춘천에다 둥지를 틀었습니다.
탈서울을 대만족하며 살아요. 아! 두근두근 저도 올해 할머니가 될 예정입니다.

사랑하는 딸 경진이에게

장현자

경진아, 요즘은 마른장마라고 하더니만 비가 오는가 싶다가 해가 나고 날씨가 무척 변덕스럽구나. 더운 날씨에 한바탕 소나기라도 쏟아져서 더위라도 식혀주면 좋으련만, 날씨가 영 내 맘 같지 않구나. 하기야 세상사는 일이 어찌 마음대로 되는 일이 그리 많겠니.

네가 지난해 가을에 미국에서 한국으로 다시 들어오고부터는 괜스레 나는 신이 나는 거 있지.

생전 딸도 없는 것처럼 두 딸이 미국과 프랑스로 떠나고 막내 성준이하고만 지낸 세월이 길어서 그런가 봐. 전화기가 손에 잡히면 할 말도 없으면서 전화하면 금방 통화할 수 있고, 카톡 보내면 답도 금방 오고 하니 소통도 빠르고 자주 만나진 못해도 좋단다.

올봄에 네 동생 은진이의 출산을 돕기 위해 내가 스위스에 가 있을 동안에

192

가까운 거리도 아닌데 주말마다 집에 와서 아빠를 잘 챙겨줘서 정말 고마웠다. 맛있는 반찬도 해놓고 밑반찬 통에는 이름표까지 가지런하게 붙여놓고, 한눈에 봐도 정성스러운 네 마음이 정말 느껴지더구나. 그러고 보니 언제 벌써 엄마 아빠 나이가 너희들한테 도움받을 나이가 되었나 싶구나.

경진아, 두 딸을 키우며 아이들을 가르치는 일을 하느라 아침 일찍 서둘러 출근을 하고 오후에는 세린이와 예린이 하교시켜서 학원에 데리고 가야 하고, 너의 일상을 생각해보면 마치 엄마가 서른 후반에 하던 일을 네가 하고 있더구나.

돌이켜 보면 육십이 된 지금 이 엄마가 생각해 보니, 딱 그때가 정말 분주했지만 참 즐겁고 행복했던 시절이지 않았나 싶구나.

너는 이른둥이 예린이를 키우느라 힘든 시간을 좀 더 일찍 보내기도 했지만 엄마는 너희 셋 모두 건강하게 출산했기 때문에 젊어서는 어려운 시간들이 별로 없었고, 단지 셋을 키우는 일이 남들 하나 키우는 것보다는 일이 많아서 좀 힘들긴 했단다.

하지만 하나가 아닌 셋이 주는 기쁨은 또 그대로 컸다고 생각이 든다.

그중에 넌 맏이로서 부담도 되고 어려운 일도 있었겠지. 동생들을 챙겨야 하고 네 친구들과 시간을 많이 보내지 못하고 집에 일찍 돌아와야 하기도 했으니 말이야. 때론 부모 흉내를 내면서 동생들을 야단치며 돌볼 때도 있었을 테고 말이야.

지나간 시절을 돌이켜본다는 것을 즐거운 일이고 입가에 슬며시 미소가 지어지는 흐뭇한 일이기도 하지. 때론 그것이 고통의 시간이었을지라도 잘

장현자

견뎌낸 자신을 토닥여주면서 칭찬해 주고 싶고 말이야.

경진아! 네가 건강하게 잘 자라고 학교에서도 늘 우수한 성적으로 공부를 잘 해주었기 때문에 너만큼은 힘든 일 없이 잘 살아갈 거라고 믿었었지. 하지만 네가 대학 때 학부 공부를 미처 마치지도 않고 결혼해서 유학을 가고 싶다고 했을 때, 엄마는 큰 충격을 받았었단다. 그리고 바로 나 자신을 돌이켜 보니 나도 내 엄마에게 그렇게 큰 충격을 주었던 시간이 떠올랐단다. 오죽하면 네 외할머니가 결혼을 위한 상견례 자리에도 나오시지 않았겠니?

이 엄마도 그땐 너무나 몰랐었지. 그걸 네가 알게 해주었으니 말이야. 네가 결혼해서 유학을 떠나고 미국에서 생활하는 동안, 네 덕분에 미국 땅도 밟아 보고 너와 함께 여행도 하면서 딸 덕분에 비행기 탄다는 말을 실감했잖아. 그렇게 너의 미국 생활과 손서방의 공부가 다 끝나고 영영 미국에서 살 거 같았는데, 10년 만에 한국으로 돌아온다는 너희 가족의 소식에 난 누구보다 딸을 가까이서 볼 수 있다는 사실, 그것만으로도 좋았단다. 오고 나서는 서로 바쁜 일정 때문에 자주 만나진 못하지만, 미국처럼 먼 거리가 아니니까 찾아가면 볼 수 있다는 그 기쁨을 누리게 되었네.

경진아, 그렇지만 가끔 네 생각을 하면 두 아이의 엄마로서만 살아가는 내 딸을 생각하면 좀 속상한 생각이 든다.

아이들의 엄마로만 살아온 나처럼 살게 하지 않겠다고, 사회 속에서 너의 자리가 확고하게 있게 키우고 싶었는데 말이야. 어쩌면 내 욕심이었을까?

언젠가 "교수가 되겠니, 교수 부인이 되겠니?" 하면서 물었던 적이 있었지.

지금 생각해 보면 다 소용없는 말이었네.

그 많던 학생 중에서 항상 톡톡 튀는 네 성격, 무엇이든 남녀 학생 가리지 않고 앞장서서 잘 하곤 했던 너를 생각하면서 부모로서 더 잘 키워내고 싶었던 욕심이었을 거야.

이런저런 생각을 하다 보면 두 딸을 키우면서 건강한 마음을 가지고 너희 네 식구가 행복하게 살아가고 있는데 뭘 더 바랄까, 하는 생각도 들곤 하지.

그래, 소중한 가족, 함께 있는 식구들과 더 많은 시간을 공유하면서 하루하루를 보내는 게 그 무엇보다 더 값질 거라 생각한다.

손서방과도 언제나 서로 신뢰를 깨뜨리지 않는 믿음을 가지고 살아가길 바란다. 둘 사이에 아주 작은 바늘구멍만 한 틈이라도 생기지 않게 하렴. 어쩌면 부부 사이도 작은 틈이 벌어지면 구멍난 둑과 같다고 하잖니. 점점 구멍이 커지고 결국은 막을 수 없어 둑이 터지고 마는 것처럼 말이야.

누가 먼저랄 거 없이 서로 존경과 신뢰를 깨뜨리지 않는 신뢰를 잘 지켜나가기를 바란다. 또 한 가지, 마흔이 되기 전에 해보고 싶은 것, 더 배우고 싶은 것이 있으면, 언제든 망설이지 말고 도전해 보렴. 엄마가 힘닿는 데까지 도와줄게. 아빠는 이제 하던 일을 다 정리하고 운동도 열심히 하고 남을 위해 봉사하는 일도 하려고 한단다. 혹 너희들도 엄마 아빠의 도움이 필요하면 언제든 달려가서 도와줄 수 있지. 추운 겨울날 오들오들 떨면서 너희 셋을 아이스링크에 데리고 다니던 그 열정 만큼은 안 되겠지만, 아직은 체력이 되는 한 손주들을 위해 내가 할 수 있는 일이 있다면 기꺼이 해 줄 수 있단다.

경진아, 아들만 둘을 키워내신 시부모님들께 딸처럼은 못하겠지만 더 살갑게 잘 해드리고, 어디에 있든 도움이 필요한 사람들에게 도움의 손길이 되는 건강한 딸로 살아가기를 바란다. 더운 여름날에 사랑하는 딸을 생각하며 엄마가 보낸다.

내 딸, 보고 싶다!

2019년 7월 15일
엄마가

나는요? | 장현자

엄마 닮아 일찍 결혼한 큰딸에게 외손녀가 둘이고, 올 4월에는 스위스에 살고 있는 작은딸이 외손자를 안겨주었고, 곧 태어날 친손자를 기다리고 있습니다.

30여 년 전, 국가시책에 반하면서 셋을 낳아 키웠는데.

이제 보니 자식농사가 제일 큰 농사라고 여겨집니다.

새벽에 눈을 뜨면, 나에게 또 하루가 선물로 주어졌음을 감사하게 여기며, 내 손길이 필요한 곳에 찾아가 돕는 손이 되고 싶습니다.

비 내리는 날이면 좋은 친구와 음악과 차가 있는 곳에서 도란도란 이야기하는 걸 좋아하며, 편지마을 친구들과의 인연을 소중하게 여기며 살고 있습니다.

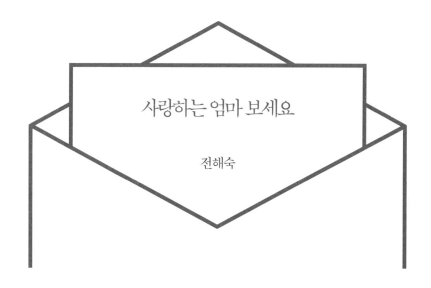

사랑하는 엄마 보세요

전해숙

엄마! 안녕하세요?

그곳에서 아버지, 명숙이 만나 잘 계시지요? 속절없이 우리 곁을 떠나가신 지 벌써 3주가 지났네요. 왜 그렇게 가버린 거예요? 봄 되면 엄마가 읽으신 『신사임당 전기』에 나오는 파주 사당에 가 보기로 약속했으면서 뭐가 그리 급해 봄이 오기도 전에 쓰러지신 거예요? 그곳은 신사임당 가족묘가 죽 둘러 있고 주변에 은행나무가 엄청 많은데, 누가 손대지 않아서인지 은행 열매가 산더미처럼 쌓여있는 걸 봤다며 신기하다고 했더니, 꼭 데려가 달라고 약속 했잖아요? 그래 놓고 그것도 안 보고 가셨어요?

아들 없는 셈 치고 살겠다더니 그게 말처럼 쉽지가 않았던 거지요. 그렇다 고 그렇게 무심히 쓰러져 버렸나요? 서너 달 잘 넘기시길래 위기는 넘긴 것 같다고, 요양사 선생님들 말처럼 '몇 년은 버티시겠구나' 했는데. 계속 누워 만 계실 거라 해도 내겐 엄마가 살아있다는 사실과 돌아가셨다는 사실이 하늘과 땅 차이네요. 거리를 오가다가도, 버스를 타고 가다가도, 엄마 생각만 떠오르면 눈물이 주책없이 흘러내려 당황하곤 해. 작은엄마가 빨리 잊고 놓아드려야 엄마가 편안한 곳으로 가실 거라고 하는데 마음대로 잘 안 되네요.

아버지께 미안한 얘기지만 아버지 때는 모르고 지나갔는데, 엄마 때는 왜 이리도 마음이 아프고 공허한 건지….

엄마!

삼우제 때 마당에서 옷을 태워드리는데 신기한 일이 있었다우. 엄마가 좋아하시던 연보라 한복을 불에 넣고 한참 후 돌아보니, 타버린 재 한 개가 제상에 놓았던 배에 내려앉은 거예요. 마치 한 마리의 검은 나비 같았어요. '참, 신기하고 이상도 하다~' 하는 생각이 들었는데, 생전에 좋아하시던 과일이어서 '아버지가 드시기 전에 엄마가 재빨리 찜한 거구나' 하며 웃었네요. 아버지도 드시라고 잔 두 개를 따라 놨었거든요. 그렇게도 좋아하시던 배를 실컷 사다 드렸어야 했는데 하는 후회도 들었고요. 그리고 엄마 옷을 정리하려고 장롱문을 열었는데 자꾸 눈물이 나와 그날은 못 했어요. 장롱문 닫아 버리고 서울 나갔다가, 오늘 다시 와 정리해서 밖에 내놨다우. 하나하나 꺼낼 때마다 그 옷 입고 지내시던 엄마 얼굴이 떠올라 미치는 줄 알았어. 목소리도 들리는 듯했고요. 노인네가 웬 옷이 이리 많아? 하면서 짜증 아닌 짜증을 부리면서 정리했네.

엄마!

담장 위 핑크빛 장미가 6월의 마지막 턱을 힘겹게 넘으며 사위어 가고 있고, 검붉은 야생 양귀비꽃도 제 몫을 다하고 밤톨만 한 씨방이 앉았네요. 이렇게 시간은 내가 느끼지 못하는 사이에 벌써 7월을 눈앞에 두고 있어요. 작년 칠월은 명숙이가 아파서 엄청 힘들었지만, 엄마와 함께 아버지 산소에도 다녀왔는데 올여름은 나 혼자네요. 그래도 난 씩씩하게 내 할 일 하면서 잘 살고 있을 테니까 걱정하지 마세요. 엄마가 좋아하던 글도 열심히 쓰고, 취미 생활도, 운동도 열심히 하면서 살아갈게요.

얼마 전 『선(選) 수필』이라는 책에 내 글이 실렸어요. 가지고 가서 보여드리려고 챙겨놓고 있었는데, 그것도 못 보고 가버리셨네요. 우리 작가 딸이 쓴 글이라며 요양사 선생님들께 자랑하면서 또 책이 닳도록 줄쳐 가면서 읽으셨을 텐데요.

엄마는 내가 쓴 글을 읽고 또 읽으며 외우다시피 해 요양사 선생님들께 들려주곤 했던 나의 최고 애독자였는데, 이젠 누가 엄마처럼 내 글을 읽고 사랑해 줄까요? 다시는 울 엄마 같은 독자는 없을 거예요. 엄마 닮은 최애(最愛) 독자가 나올 때까지 열심히 쓸게요. 그래서 환갑 때가 되면 책도 한 권 출간할 계획이에요. 엄마가 계셨다면 무척 좋아하셨을 텐데요.

참! 나, 엄마 덕분에 배우기 시작했던 한지공예 강사 자격증을 땄다우. 취미교실 선생님이 좋은 선생님을 소개해 주셔서 비용도 많이 들지 않고, 짧은 시간에 마쳤어요. 엄마가 봤으면 엄청 좋아하셨을 텐데요. 엄마 모습이 떠올라 눈물 좀 흘렸네요. 하나하나 노후를 준비하는 마음으로 열심히 배우고 있어요. 엄마와 함께 하기로 했던 것들 이젠 혼자 해야겠지만 내게 주어진 삶, 성실히 살아갈게요. 가끔 아버지, 엄마, 명숙이와 함께했던 추억들 떠올리며 열심히 잘 살게요.

언제가 될지 모르겠지만 만나는 그날까지 잘 지내고 계세요. 더 이상 아프지 말고, 그곳에서 만난 가족들과 함께 어울리면서 이젠 그 누구도 보고 싶어 애쓰지 마시고요. 아버지, 엄마, 명숙이…. 늘 마음속에 간직하며 사랑할게요.

2019. 06. 30
해숙이가

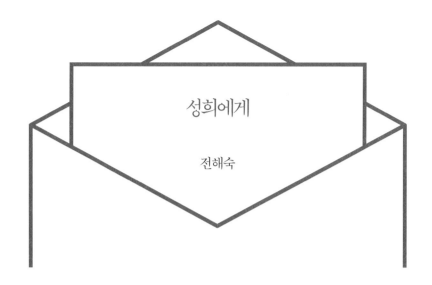

성희에게

전해숙

안녕? 잘 지내고 있지?

무엇보다 네게 먼저 미안하다는 말을 하고 싶다. 진심으로 미안해.

갑자기 엄마가 돌아가신 것도 황당한 일인데, 저녁에 돌아가시니 손님 치를 날이 이튿날 하루뿐이었어. 그것도 낮에는 한가하다 퇴근해 오는 저녁 시간에 몰렸지. 그래서 더 정신이 없었던 것 같아. 장례식 준비 때 사무실 직원 설명을 듣는데 귀에 하나도 들어오질 않더라. 1+1도 얼른 생각이 나지 않을 정도로 정신이 나갔었어. 그래서 막냇동생과 올케한테 제대로 신경 못 쓸 것 같다고 식이 끝날 때까지 둘이 신경 좀 써서 잘 마무리해 달라고 부탁했지. 그리고는 정말 아무 일 없이 엄마를 무사히 보내드렸다.

시간 참 빠르기도 하지?

추적추적 비가 내리던 어느 날, 현충일이었어. 철원 집엘 들어가려다 컨디선이 좋질 않아 오후 늦게까지 누워있는데, 엄마가 갑자기 이상하다는 요양원 실장님 전화를 받았어. 허둥지둥 달려가 얕은 숨을 할딱거리는 엄마를 부르니 고개 돌려 나를 빤히 쳐다보시는 거야. 그렇게 엄마는 그윽한 눈으로 나와 마지막 눈맞춤을 하고는 다시 인사불성이 되셨어. 그러고는 혼자서 외로이 머나먼 길을 떠나가셨어. 일을 치른 지가 벌써 3주가 지나가네. 무언가를 말하려는 듯, 슬픔 가득한 엄마의 마지막 그 눈빛을 죽을 때까지 잊지 못할 것 같아.

지난해 가을 동생이 하늘나라 간 후 내가 충격이 컸었나 봐. 봄까지 계속 앓고 있던 중에 구정 지나 엄마마저 쓰러져 중환자실에 계실 때는 내 정신이 아니었다. 생각할수록 어이가 없어 가슴을 쥐어뜯으며 울던 어느 순간, 집 근처 잠실대교로 달려가 뛰어내리고 싶더라. 아무것도 아무 일도 일어난 게 아니라며 부정했지만 현실은 현실이었어.

의사는 내게 한 가닥의 희망도 갖지 못하게 하려는 듯, 이러다가도 갑자기 돌아가실 수 있다며 마음 비우고 모든 걸 내려놓으라고 자꾸 강조해 불안한 마음 조아리며 지냈지. 그런데 3개월이 지날 즈음 이젠 괜찮겠다 싶어 안심했고, 앞으로 정신 차리고 살아야지 했는데 그냥 훅 가버리셨네. 아마도 내게 마음의 준비를 할 시간을 주려고 몇 개월을 더 버티신 것 같아. 동생 때문에 정신 못 차리고 있는 나를 생각해 주신 거겠지? 평상시 의사의 말대로 '지금 돌아가셔도 놀라지 말아야 한다. 엄마의 운명이고 팔자가 여기까지 사시는 거라면 마음 편하게 보내드려야 한다'며 마음 다지며 계속 자신을 세뇌시켰는데도 내 마음이 한쪽으론 포기하면서 한편으론 기대감을 갖고 있었던 것 같아.

늘 불안했던 것은 엄마가 중환자실에 계시는데, 아무도 찾아오는 친인척이 없어 만일 엄마가 돌아가시게 되면 '장례식장이 참 쓸쓸하고 외롭겠구나' 하는 걱정이었어. 다행히도 시끌벅적하고 분주하게 보내드릴 수 있어서 얼마나 감사하고 고마웠는지 몰라. 생각지도 못했는데 너를 비롯해 찾아주신 조문객들이 많았네. 고마워~.

그런데 그리 안타깝고 슬픈 마음도 잘 추스르며 견딘다고 생각했는데, 몸은 그냥 지나가 주질 않네. 철원집에 들어와 삼우제를 지내고 엄마 옷 한 벌씩 태워드리고, 계속 앓아 누워지내고 있어. 아프지 말아야지~ 아프지 않을 거다~ 했는데…. 이런 정신력으로 무슨 일을 하겠다는 것인지, 마음이 아프면 꼭 몸도 따라 아프곤 하네.

성희야! 진심으로 사과한다. 미안해.

대강 정리하고 다음 날 네게 전화를 하니 받질 않더구나. 그러면서 곧 한 통의 문자가 날아왔지. 감기가 심해 목이 아프다고, 좀 나아지면 전화하겠다고. 알겠다면서 드는 생각이 '아~ 얘가 뭔가 마음이 상했구나. 목이 아프다고 해서 내 전화를 받지 않을 친구가 아닌데' 하는 생각이 들었어. 순간 여러 가지 생각이 머리를 스쳤지.

마음 상한 일 있었으면 이해해 주라. 여러모로 많이 부족한 친구가 한 실수려니 생각해 주면 안 되겠니? 집안 대소사나 아님 모임의 크고 작은 행사를 치르다 보면 꼭 서운한 사람이 생기더라구. 나도 어떤 행사에서 소외감 느끼며 서운했던 적이 있었어. 조심해야 한다고 머릿속에 잔뜩 생각은 하고 있었는데, 나의 어떤 행동이 네 기분을 상하게 했다는 생각이 드네. 무슨 일인지

대강 짐작이 가기도 해. 만일 내가 너를 크게 욕보이려고 한 행동이 아니고, 나의 실수로 빚어진 일이라면 너그러이 이해해 줄 수 있겠니? 네가 이해해 주지 않으면 누가 이해해 주겠니? ㅎㅎ

엄마가 가시면서 내게 큰 깨달음을 주고 가셨어. 그동안은 내 머릿속이 싸움닭처럼 독기가 잔뜩 서려 여기저기 서운한 사람뿐이었거든. 가까운 친척들, 친구들, 동생들까지. 아마 나만 힘들다는 생각 때문에 작은 것에도 크게 서운해했던 것 같아. 날 힘들게 하는 원인 중 일부는 나 자신이 자초한 일이면서도.

그날 엄마께 마지막 절을 하면서 엄마하고 약속했단다. 동생들도, 이모, 삼촌들도 미워하지 않겠다고. 친구들에게 서운했던 마음도 풀고 특히, 연하나 성희(부천댁)와도 얘기를 하고 마음 풀고 지내겠다고.

난 성격상 누구와도 갈등이나 다툼 같은 거 싫어하거든. 간혹 힘들게 하는 사람이 있으면 아예 만나지 않고 살아. 그것도 좋은 성격은 아닌데.

계속 네가 걸려 편지를 해야겠다고 생각하고 있었는데, 몸이 계속 날 바닥으로만 끌어내린다. 오늘은 정신 차려야지 하다가도, 계속 어지럽고 잠이 쏟아지면서 하루가 훌쩍 가곤 하네. 선미가 병원 가서 링거라도 한 대 맞으라는데 그래서 나을 병이 아니란 걸 내가 아니까. 의사의 말대로 아플 만큼 아파야 할까 봐.

성희야!
다시 한번 미안하다. 마음 풀고 늘 건강 신경 쓰면서 치료 열심히 받고 지내고 있다가 만나자. 내가 너희 동네로 가든지 수경이 있는 광화문에서 보든지 하자.

갑자기 무더워졌어. 강원도도 요 근래 날마다 30도가 넘네. 더위 조심하구. 사랑한다 친구야! ♥♥♥~~~~~.

2019.06.25.
해숙이가

나는요? | 전해숙

1961년 강원도 철원 출생이며, 현재는 서울 광진구에 거주하고 있습니다. 편지마을은 2016년 서금복 회장님의 소개로 알게 되었고, 같은 해에 『한국수필』을 통해 등단하였습니다. 지금도 회장님의 수필창작교실 작가반 수업을 들으며 계속 공부하고 있습니다. 취미로 덖음차, 도자기, 뜨개질, 한지공예를 배우던 중 지금은 산야초·꽃차 소믈리에, 수석강사 자격증, 한지공예 1급 강사 자격증도 취득했습니다. 언젠가는 활용할 날 있겠지요?

영원한 첫사랑,
짝사랑 도은이에게

정순례

이름만 떠올려도 저절로 환한 미소를 짓게 하는 예쁜 손녀 도은아!

안녕? 외할머니야.

파릇파릇 새싹이 엊그제 같은데 어느덧 진하게 무성한 녹음이 되고, 담장의 빨간 장미가 예쁘게 핀 초여름이 왔구나.

우리 귀여운 도은이 그동안 잘 있었니? 이 세상에 그 어떤 아기가 귀엽지 않을까마는, 이 세상에 그 어떤 아기가 사랑스럽지 않을까마는, 아기라는 그 명칭만으로도 모든 사람의 마음을 환하게 움직이는 마술의 힘 그 자체인 아기 손녀 도은이.

2년 전 이맘때 편지마을에 낼 편지를 쓸 때, 나의 소개란에 가을에 결혼할 예비 신랑 신부가 있다고 했는데, 바로 도은이 네 엄마와 아빠였단다.

그때는 도은이의 증조할머니에게 편지를 썼었는데, 그때 생각에 다음번 편지 대상은 예쁜 손주가 되었으면 좋겠다고 생각했지. 정말 간절한 바람처럼 우리 도은이가 이번 편지 대상이 되어 주어서 너무 고맙고 기쁘구나.

네 엄마 아빠 결혼식장에서 도은이 친할아버지께서 "○○야, 이 아버지 소원은 올해 해피 크리스마스가 되면 좋겠구나." 하셨는데 정말이지, 도은이 네 엄마는 그해에 해피메이커가 되었단다.

너의 엄마가 임신 소식을 알리며 온 가족이 축하와 행복 속에 크리스마스를 맞이하였던 거야. 네 엄마는 춥고도 긴 겨울을 입덧으로 힘들었어도 잘 견디어내고, 그 어느 해보다도 무더웠던 지난여름도 잘 이겨내고 초가을이 막 시작되는 9월 초에 우리 도은이가 이 세상에 태어났지.

건강이라는 태명답게 건강하고 똘망똘망하게 태어나 너를 아는 많은 사람들을 기쁘게 해주었고, 이 할머니에게 '이쁜이 할머니, 젊은 할머니'라는 이름표를 하나 더 달아주었구나.

코스모스처럼 여리여리하게 키만 컸지, 바람 불면 날아갈 것 같은 네 엄마가 과연 아기를 잘 낳을 수 있을까, 잘 키울 수 있을까, 이 할머니는 노심초사 불안해했단다.

하지만 도은이는 엄마 힘들지 않게 병원에 들어선 지 4시간여 만에 순산했단다. 태어날 때부터 웬 아기가 이렇게 눈을 초롱초롱 뜨고 있냐며 이렇게 예쁜 아기는 근래 처음이라며 의사 선생님도 산후조리원 사람들도 모두 그러더구나. 열흘간의 조리원 생활을 마치고 퇴원하면서 도은이가 할머니집에 오게 되었단다.

낯설고 물설은 타지역에서 남편 하나 바라보고 시집 간 도은이 엄마가 혹시나 산후우울증이라도 걸리면 어쩌나 걱정되고, 할머니가 도은이와 네 엄마를 좀 돌봐주어야 할 것 같아 데리고 왔지.

도은이 외할아버지는 신생아 목욕 시키기, 아기 트림 시키기 담당이셨고 아주 잘 하셨단다.

목욕을 시킬 때면 온가족이 다 매달려서 그 조막만 한 어린 아기를 귀한 보물 다루듯 절절매었지.

할머니 침대에서 할머니랑 엄마랑 도은이랑 셋이 자면서 아직은 밤낮이 구분없는 신생아 도은이를 밤을 꼬박 새우며 돌보면서도 힘든 줄도 몰랐단다. 새근새근 자는 도은이를 보고 있노라면 세상에 천사가 바로 우리 아기 도은이야. 꼬물거리는 손가락, 발가락, 까만 눈 오물거리는 입, 날이 갈수록 젖살이 오르는 볼을 보면서 정말 경이롭고 신비로웠지.

할머니는 직장에 있으면서도 도은이 생각으로 가득했고, 퇴근하면 얼른 집으로 달려가 도은아~~ 부르며 보고 싶은 마음뿐이었단다.

꼭 30년 전, 할머니가 도은이 엄마를 낳고 키우던 시절이 새록새록 떠오른단다.

도은이 엄마도 그때 첫손주여서 많은 사랑과 귀여움을 받으며 웃음꽃 속에서 잘 자랐었지. 두 달 정도의 외가살이를 접고 도은이가 옹알이를 옹알거리며 더욱 이뻐질 무렵에 천안 너희 집으로 간다고 하던 날, 할머니와 할아버지는 그동안 너무 정이 들어서 눈물을 보이고 말았구나.

추운 겨울이 지나고 봄이 되면 가라고 좀 더 있다가 가라고 붙잡았지만, 도은이는 강보에 싸인 채 많은 정을 남기고 네 집으로 돌아갔단다.

퇴근하여 집에 오면 늦가을 계절 탓이 아니더라도 더욱 썰렁한 집에 아기 냄새, 아기 물건, 어딘가에 남아있을 너의 흔적을 찾아보곤 했단다. 날마다 영상통화로 허전함을 달래곤 했단다. 나날이 커가는 도은이가 보고 싶어 어느 날은 불현듯 달려가서 도은이 어부바로 밖에 나오면 "어머어머, 아기가 인형 같아. 어쩜 저리 이쁘지?" 지나가는 사람들마다 다시 한번 더 쳐다보고 간단다.

사랑스러운 얼굴, 어여쁜 미소로 아기 모델로 등극도 하였지. 몸집은 아담하지만 건강하게 엄마젖도 잘 먹고, 분유도 잘 먹고, 이유식도 잘 먹고 다 잘 먹어 너무 이쁘구나!

9개월에 접어드니 벌써 물건을 붙잡고 일어서서 건들건들 움직이고, 종이 찢어 먹다 엄마한테 딱 걸려 동그랗게 놀란 눈, 얼음땡 표정, 얼마나 우습고 귀엽던지 한참을 웃었단다. 손에 닿는 대로 입으로 감정하고 손으로 휘젓고 말썽을 부려도 모든 게 귀엽기만 한데, 어머나! 벌써 아우를 보게 되었다니…

한편으론 도은이가 시샘을 부릴까 걱정스럽고 또 한편으론 안쓰러운 마음이 드는구나. 한창 걸음마 하며 재롱부릴 땐데 첫돌 지나서 바로 엄마품을 동생에게 양보해야 된다니…

초롱초롱 예쁜 눈 도은아!

그러나 걱정하지 말아라. 동생이 태어나도 네 엄마 아빠는 물론 할머니 할아버지의 사랑은 변함없단다. 우리에겐 도은이가 첫사랑 짝사랑 영원한 사랑이란다.

하루라도 영상을 보지 않으면 눈가가 짓무를 것 같은 상사병에 걸렸단다.

언제나 방실방실 밝은 도은아!

네 친할머니께서도 그러시더구나.

"아기가 참 밝고 잘 웃어서 좋아요. 사랑스러워요."라고.

209

도은이가 태어나서 양가가 행복하고 웃음꽃 피고 좋구나.

우리 도은이 건강하고 밝게 잘 자라길 할머니가 항상 응원할게. 아장아장 예쁜 꽃길 걸으려무나.

도은아, 그럼 잘 있어.

안녕!

2019년 6월 20일
날마다 도은이가 보고 싶은 외할머니가

나는요? | 정순례

전남 영광에서 자랐고 서울 남자와 결혼하여 지금은 경기도 군포시에 살고 있습니다. 새댁 시절 편지마을에 입촌하여 있는 듯 없는 듯 어느덧 30여 년이 지났습니다. 그 당시 아장거리던 딸이 꼭 자기 같은 예쁜 딸을 낳아서 저는 외할머니가 되었습니다. 외손녀바라기가 되어 푹 빠져 시간 가는 줄 모르고, 평범한 직장인 아줌마, 할머니로 잘 지내고 있습니다. 편지마을은 항상 고향 같고 친정 같은 곳입니다. 오래도록 함께하고 싶습니다.

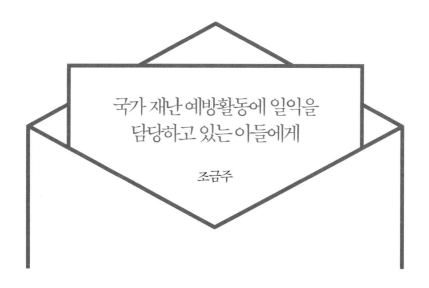

국가 재난 예방활동에 일익을
담당하고 있는 아들에게

조금주

아들아, 잘 지내고 있지?

네가 군 복무 대신 의무소방에 입대한 지도 벌써 1년을 훌쩍 넘겨 제대 날짜가 가까워지고 있구나. 이제 내년 봄이면 정말 제대하는구나. 8개월이 채 안 남았네.

하루빨리 제대하여 너와 함께 생활하는 시간을 엄마는 손꼽아 기다린단다. 엄마는 네가 3일 외박을 나올 때에도 다 큰 너를 어린애처럼 밤새 꼭 껴안고 잠들곤 한다. 이런 엄마의 심정을 너도 이해하고 있겠지? 지금은 네가 국방의 의무를 이행하는 건장한 청년으로 성장하였지만 옛일을 생각하면 엄마의 가슴이 알싸하단다. 어느 가정이나 마찬가지겠지만, 엄마도 결혼 후 직장생활을 이어가며 아이를 키워야 했단다. 살림이 넉넉하지 않아 네가 태어난 지 두 달 만에 너를 멀리 시골 할머니 댁에 맡기고 일을 해야 했다. 너를 볼 수 있는 시간은 한 달에 딱 두 번이었지. 거리가 멀다 보니 자주 갈 수도 없어 격주로 주말에 다녀올 수밖에 없었다.

지금은 주 5일 근무제가 정착되어 주말에 조금 여유가 있지만 그때는 토요일까지 일을 하고 다녀와야 해서 너와 함께할 수 있는 시간이 일요일 단 하루밖에 없었다. 그래도 너를 만나는 주말은 그 희망으로 한 주를 버틸 수 있었지만 다음 주를 기다리는 주말은 정말 견디기 어려웠다. 너를 생각하는 엄마의 마음은 한없이 허전하여 시내 거리를 멍하니 방황하기도 하고 그러다이 길로 그냥 네게 다녀올까 하고 시골로 향하다가 되돌아오기를 몇 번이고 반복하다 겨우 마음을 잡고 돌아선 적이 한두 번이 아니었다.

그런 인고의 시간이 지나 생활이 조금 더 안정이 되고 너도 어린이집을 다닐 수 있는 나이가 되어 엄마 곁으로 오게 되었지. 할머니 손에 이끌려 엄마를 만나던 그날을 생각하면 지금도 마음이 찡하다. 소름이 끼친다. 너를 만나는 가장 기쁜 그 자리에서 "우리 아들 엄마가 안아 보자." 하고 네게로 손을 내밀었을 때 너는 오히려 낯선 이를 대하듯 할머니 뒤로 숨어버리지 않았겠니.

아아~. 이걸 어쩌나. 내가 어떻게 이런 사태를 만들었을까. 울고 싶고 누구에게 하소연할 수도 없고 슬픈 현실이었지만 모자의 정은 금세 본래의 모습을 찾을 수 있었단다.

엄마는 그동안 못다 한 사랑을 갚기라도 하듯 매순간 너를 안고 살며 참 행복한 날들을 보낼 수 있었다. 그런데 이런 행복도 오래 이어가지 못했다. 네가 어린이집을 마치고 유치원을 다닐 때쯤 너의 영어 공부에 관심이 많던 네아빠는 너의 영어 공부를 위해 몇 년간 해외에서 공부할 방법을 고민했다. 여러 궁리 끝에 너를 필리핀으로 조기 유학을 가도록 했단다. 처음 아빠의 이런 생각을 들었을 때는 너무 황당하여 정말 그렇게 할까 하고 웃어넘겼는데 아빠는 집요하게 너와 엄마를 설득하여 너를 조기 유학의 길로 들어서게 만들었다.

지금 생각해도 그 어린 나이에 초등학교도 아닌 유치원에 다니는 아이를 조기 유학 보낸다는 것이 얼마나 무모한지 생각조차 어렵다.

그것도 부모도 없이 홀로 가는 조기 유학이라 가는 날까지 조마조마했단다. 너도 떠나기 전까지 유학 간다는 생각을 몇 번이고 번복하곤 했지. 낮에는 아빠의 설득에 가겠다고 고개를 끄덕였지만 깜깜한 밤이 되면 아빠한테 유학 안 가겠다고 너의 불안한 마음을 그대로 말하곤 했는데 네 아빠도 집념이 대단하더구나.

필리핀은 좋은 곳이야. 자연환경이 좋고 네가 좋아하는 축구를 얼마든지 할 수 있는 천연잔디가 널려 있단다. 네가 좋아하는 바나나랑 과일들을 맘껏 먹을 수 있고….

그렇게 아빠의 설득으로 너는 정말 축구공을 손에 들고 불안과 설렘을 갖고 엄마 곁을 떠났다. 필리핀 현지에서 영어에 빨리 적응하기 위해 유치원을 오전, 오후 하루 두 번씩 다니는 노력도 있었지만 부모와 떨어져 있는 불안도 함께했더구나. 유학 보내고 6개월 후에 너를 만났을 때 까무잡잡하면서도 씩씩한 네 모습에 마음이 놓였는데 다시 헤어질 때는 결국 또 울고불고 떨어지지 않겠다고 하는 본래의 네 어린 마음에 또다시 가슴앓이를 하고 왔다.

그래도 세월은 빨라 네가 3년간의 유학을 마치고 돌아와서 국내 학교에 잘 적응하여 한결 마음이 편했다. 학교생활에 잘 적응하고 열심히 공부하여 네가 원하던 자율형 사립고등학교에도 입학할 수 있어 참 대견했다.

그런데 너는 네 공부 욕심에 기숙사 생활을 하게 되어 또다시 엄마와는 주말에나 볼 수 있는 상황이 되었다. 네 장래를 생각하여 스스로 결정한 것이라 엄마는 충분히 감내할 수 있었다.

너의 이런 노력에도 대학진학에 실패하여 진로를 고민하고 있을 때 너는 과감하게 대학진학 대신 취업을 먼저 하겠다는 결정을 하였지. 3년 간의 고교생활을 정리하는 한 달간의 해외 배낭여행을 마치고 곧바로 공무원 시험 도전에 나섰는데 이 또한 엄마에게는 이별 아닌 이별의 시작이었다.

첫 1년 간은 혼자서 공부하고 결과가 좋지 않자 노량진 학원을 다니기 시작했는데 새벽에 들어오고 또 5시면 집을 나서는 힘든 여정이었지.

아빠와 딸은 지방 근무를 하게 되어 집에는 엄마 혼자 새벽부터 자정이 넘은 시간까지 늘 혼자였다. 너는 아침밥을 먹을 힘도 없어 끼니를 거를 수밖에 없었다. 결국 생각해 낸 것이 네가 차를 몰고 학원으로 가는 30분 동안 엄마도 함께 타고 가면서 밥 한술 먹여 주는 역할을 했지. 사실 엄마는 차 안에서라도 너와 조금이라도 함께 더 있고 싶어 밥을 먹여 주며 동행을 했던 거란다. 시험 공부라는 것이 정말 뜻대로 되지 않더구나. 학원 공부를 2년을 더 했는데도 시험에 실패하고 군 입대를 걱정했는데 너는 네가 계속 공부를 이어갈 수 있는 군 복무를 찾아내서 지금 복무하고 있는 의무소방에 입대하였고 거기서도 열심히 노력하여 결국 지난달에 국가직 전국단위 9급 공무원이 되는 기쁨을 맛보았다.

이제 다음 주면 해당 부처 배정을 받게 되었구나. 이렇게 편지글로 엄마와 아들의 지난 시간을 되짚어 보니 아들을 향한 이 엄마의 마음이 애잔할 수밖에 없구나. 그동안 너도 엄마를 생각했겠지만 네 일도 감당하기 벅찬 아들의 시간을 갖지 못한 아쉬움이 많을 거라고 생각한다.

아들! 참 대견하다. 가까이는 고교 3년, 이어서 공무원시험 4년, 총 7년간 연속된 긴 여정의 어려움을 참아낼 줄 알고 스스로 중요한 판단과 결정을 해 나가는 너의 모습에 엄마는 한결 마음이 든든하단다. 조기 유학이 그렇고 자사고와 기숙사 생활, 별거 생활과 다름없는 외무직 공무원 대신 일반행정직을 선택한 것, 7급공무원 시험을 접고 입사하여 업무로 인생을 잘 만들어 가겠다는 네 생각과 판단, 어느 하나 헛된 것이 없구나.

너는 이제 취업의 길을 통해 억척같은 인생의 길로 들어서고 엄마는 정년을 앞두고 제2의 인생을 준비하고 있다.

지금까지 너나 엄마가 자신의 역할에 충실하고 잘 극복해 왔듯이 앞으로도 지난날의 노력이 헛되지 않게 더 정진해 주기 바란다. 더운 날씨에 항상 건강에 유의하고 오늘도 군 복무에 최선을 다하며 보람된 하루가 되기를 바란다.

2019. 7. 11.
아들바라기 엄마가

나는요? | 조금주

뒷동산에는 소나무들이 울창하고 앞으로는 탁 트인 들판이 있는 곳에서 아름다운 빛을 보고 태어난 여자아이가 있었답니다.

하루아침에 돌아가신 엄마 때문에 어릴 때부터 가졌던 국어선생님 꿈은 사라졌지만, 어린이집 원장으로 살아가면서 시인으로 등단했습니다. 현재는 예담재가복지센터 원장으로 살아가고 있습니다. 지금이 조금주가 세상에서 가장 행복한 시간을 살고 있다고 생각합니다. 올해 편지마을을 알게 된 것도 저에겐 큰 기쁨입니다.

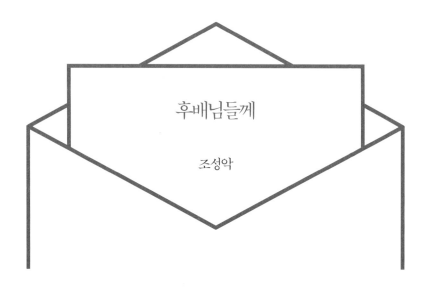

후배님들께

조성악

　'사랑하는 후배님들께'라고 썼다가 '후배님들께'라고만 씁니다. '사랑하는'은 영혼없는 빈말 같아서입니다.

　정(情)! 편지마을 = 정입니다. 말로만 너무 쉽게 하고 있다 싶어 사전을 찾아보았습니다. '사귐이 깊어짐에 따라 더해가는 친밀감'이라 정의합니다. 맞다! 이것이 우리의 정서이고 이미지이구나 싶습니다.

　그러나 가뭄에 콩나듯 총회 때 만나보는 것이 고작이고 손을 맞잡고도 그대들의 이름을 알아내지 못할 때 사귐은 오래됐어도 더해진 친밀은 없었구나 하는 자책을 했습니다. 또 컴맹이다 보니 왕따를 당한 것도 같습니다.

　새댁 같았던 그대들이 시어머니 되고 장모 되고 할머니가 되기까지, 어떤 얼굴로 변했을까 궁금합니다. 보고 싶습니다. 손주 보느라 매인 몸이 되니 내 시간 도둑맞은 불만도 키워놓고 나면 이만큼 잘한 일도 없더랍니다. 제 부모보다 더 친하거든요. 여든이 넘어 호호백발 할머니가 되니 손주 내리사랑이 더 유중해집니다.

후배 여러분! 삼십 년 세월이 일구어놓은 편지마을 나이가 이립(而立)에 들었습니다. 공자님도 이 나이에야 일어섰다고 합니다. 비록 몸집은 작지만 손 편지 서간문이라는 자부심은 심어놓고 있습니다. 그대들이 그 몸통이고 단행본은 동맥이었습니다. 선후배란 호칭도 우리의 전통이 됐습니다. 형, 아우도 좋지만 품위 있고 가볍게 들리지 않아 좋습니다. 들어온 순서가 아닌, 세상 먼저 나온 나이순으로 가름한 선후배니 나는 고참 대선배? 쑥스럽고 부끄럽습니다. 앞에서 자백했듯이….

차마고도 같은 비탈진 돌밭길을 지쳐 포기하려 했다가도 정으로 뭉쳐 걷고 또 걸었습니다. 그 마음 갸륵해서 서럽습니다. 역전의 용사들의 결집 30주년은 그 뜻을 더합니다. 저도 한 힘 보태려 합니다.

1989년 10월 24일은 '가는정 오는정'으로 출발한 창립일입니다. 체신부에서 편지쓰기 장려의 일환으로 전국주부 편지쓰기대회 입상자들의 수상만으로 끝나는 것을 안타까워한 우정국장이셨던 조장환 님께서 설득하셔서 광화문 우체국을 본부로 전국 도청소재지에 지회를 두고 2년 동안 체계가 설 무렵, 국장님이 암으로 갑자기 돌아가시면서 생긴 불협화음. 후임 국장님과의 의견 충돌 갈등으로 번지면서 로라가 인형의 집을 뛰쳐나오듯 독립을 선언했습니다. 순진무구한 젊은 층의 세상 물정 모르는 오기, 결벽을 다독이기에는 역부족이었습니다. 차려 놓은 밥상 물리치고 사서 한 고생이었습니다. 길을 두고 뫼로 가는 듯한 세월이었습니다. 회의실 없이 떠돌면서도 정 하나로 뭉쳤고 단행본으로 버티고 나온 끈기.

아쉬움도 있지만 후회는 하지 말아야 합니다. 후회는 이익도 발전도 없는 것이니까요. 서로의 마중물이 되어 돕고 친하게 지내는 궐기의 날. 30주년이 되었으면 좋겠습니다. 먼 길 바쁜 일 있으시더라도 그날만은 편지마을에 투자하세요. 문학의 아웃사이드에서, 문림(文林)의 숲에서 활동하는 후배님들을 보면서 친정 같은 편지마을 뿌리를 잊지 말아 달라고도 부탁합니다.

눌러 앉아 친정살이를 해도 곱습니다.

편지마을의 증인 서금복 회장, 조신하고 우아한 장현자 부회장, 속이 꽉 찬 알토란 같은 장은초 총무. 짐은 무겁지만 아직은 메고 있었으면 합니다.

지회를 지키느라 애쓰는 그대들이 있다는 것이 든든합니다. 정은 보고 말하면서 두터워집니다. 멀리 있어도 마음먹고 올 수 있는 날이 되어주면 반갑게 맞이하겠습니다.

양평 서금복 회장의 별장엔 이미 우리 편지마을 30년사가 소장돼 있습니다. 그의 열정이 보입니다. 거리가 멀고 교통이 불편해도 이곳에서 맘껏 우리의 날을 즐길 수 있게 숙식도 같이하며 즐거운 30주년이 되길 바랍니다.

건강이 좋지 않아 마감 날짜를 훨씬 넘기고 칠월이 다가는 막바지에 이 글을 썼습니다. 받아줄 건지 걱정하며 보내려 합니다. 받아주면 특혜라 알겠습니다. 마른 장마가 오락가락 후텁지근한 날씨입니다. 그런 중에도 우리 집 목련나무에서 매미가 처음 울었습니다. 마음으로는 곧 영추송(迎秋頌)이 들릴 것 같습니다. 마음이 앞서서일까요? 나는 개도 걸리지 않는다는 여름감기에 걸렸지만 여러 후배님들의 평안을 기원합니다. 그날을 기다리며….

2019년 7월 하순에
왕선배 드림

나는요? |조성악

편지마을 안에는 또 하나의 편지마을인 '녹동회'가 있습니다. 일곱 원로들의 모임이지요. 가장 연장자이신 92살의 김옥진 선배님은 연락이 되질 않고, 회장을 하셨던 김옥남 선배님은 하향(下鄕)하시더니 돌아올 줄 모르고 39년 기묘생(己卯生) 다섯, 유정숙, 박경희, 박병숙, 조성악, 김춘란은 기묘(奇妙)하게도 원로 선배로 부끄럽지 않게 살고 있습니다. 나는 아기처럼 보채는 영감님과 빈 둥지만 지키고 삽니다.

나의 제자들에게

-교단을 떠나며-

최영자

모두들 안녕?

나를 잠시 스쳐서 세상 곳곳에서 흩어져 살고 있는 너희들에게 안부를 묻는다. 모두들 잘 지내지? 이제는 세상 어느 곳에서 만나더라도 우리는 서로를 모르고 지나갈 거야 아마. 아니 이미 많이 그랬을지도 몰라.

지난 2월, 선생님은 드디어 퇴직을 했단다. 새봄의 기대만 있을 뿐 추운 날이었지. 퇴직을 하고 평일에 거리를 걸으며 햇살과 함께 쏟아지던 자유가 지금까지도 감동적이네.

3월의 꽃샘바람도 얼마든지 견딜 수 있더라. 그것도 잠시, 3월과 함께 연두색 새순의 감동을 지나 이팝나무 조팝나무 꽃의 순백에 마음껏 찬탄했구나. 2주간 막내딸을 보러 외국에도 다녀왔어. 시간은 쉼 없이 흘러 아카시아 향기, 밤꽃 향기가 코를 스치던 것도 잠시 어느덧 7월의 초입이구나. 울타리를 따라 붉게 타오르던 줄장미도 시들어가고 태양이 열기를 더하는 지금은 주홍빛 능소화가 만개했더라. 힘들 때도 외로울 때도 자연이 주는 위로와 가르침이 나를 많이 지탱해 주는 것 같은데 너희는 어떠니?

나를 스쳐간 너희들의 수는 얼마나 될까? 한 번도 세어본 적은 없지만 천 명은 넘을 거야. 내 기억 속에 너희들의 모습이 희미하듯 너희들의 기억 속에도 나는 매우 희미하겠구나. 아니 누군가의 기억 속에 살아만 있어도 영광이지.

선생님이란 이름으로 1년 혹은 2년씩 너희들과 함께 생활했어. 36년간을 너희들과 함께했구나. 돌이켜보면 아득한 시간이지만 그 시간이야말로 지금의 나를 만들어준 삶 그 자체였어.

너희들의 구성도 각양각색이란다. 나이로 보면 많게는 50을 목전에 둔 40대 후반부터 올해 3학년이 된 10살의 너희들까지 참으로 다양하구나.

선생님이 처음 교직에 발을 딛던 날은 1월이었어. 추운 바깥 날씨는 기억도 안 나는데 교무실에서 활활 타오르던 장작불의 기억이 선명하네. 막 스물세 살로 접어들던 풋내기 선생님은 발령 즉시 2월의 학기를 마감해야 해서 얼굴도 모르고, 공부도 가르치지 않은 너희들의 성적을 처리해야 했어. 죄책감을 가득 안고 후닥닥 해치웠구나. 두 번 치른 시험 성적만을 참고하여 너희들을 평가해야 했던 난감함이 떠오르네. 갑자기 교직을 떠나야 했던 어떤 선생님의 후임이라 어쩔 수가 없었어. 맨 처음 만난 2학년이던 너희는 나와 딱 한 달을 지냈지. 2학년인데도 너무나 똘똘하고 야무지던 '창민'이의 공책이 이름과 함께 지금도 선명하게 떠오르니 웬일이니? 덧셈 뺄셈을 그림으로 나타내었는데 별이나 삼각형 동그라미를 얼마나 반듯하고 예쁘게 잘 그렸던지- 또렷한 글씨와 예쁜 그림의 배열이 2학년 같지 않아서 감탄했단다. 햇병

아리 교사가 중요한 걸 놓칠 때마다 "선생님 숙제는요? 이건 이렇게 하면 되지요?"라며 내가 할 일을 일깨우던 너는 어떤 모습으로 살고 있니? 나보다 똑똑한 제자를 수없이 만났지만 처음의 감동이 제일 진한가 봐.

　그 해, 그러니까 1983년 3월에 만난 5학년 너희들이 공식적인 내 첫 제자들이었고 다음 해에도 6학년으로 나와 다시 만났지. 그래서인지 지금까지 내 교직 생활에 가장 선명한 기억으로 살아있구나. 혁이, 재민이, 정화, 현지, 똑똑하고 사려 깊고 너무 성숙해서 감정적이고 미숙하던 철부지 교사는 정신적으로나 업무적으로 너희들의 도움을 많이 받았단다.
　과학의 사전실험을 도맡아서 해오며 나를 감탄시키던 재민이, 평소엔 조용하고 얌전하지만 피구할 때마다 날쌘돌이가 되어 상대방의 모든 공을 다 받아내던 혁이, 남자 아이들의 짓궂은 장난에도 누나 같은 따뜻함으로 품어주며 그들의 필요를 하나하나 해결하여 주던 여자 반장 정화와 부반장 계란이, 착한 행동과 찰랑대는 까만 긴 머리와 유난히 희고 예쁜 얼굴로 백설공주를 떠오르게 하던 현지, 나보다 똑똑하고, 따뜻하고 품이 더 넓던 너희를 보며 내가 오히려 배웠단다. 참 강선이도 생각난다. 매주 32시간의 수업과 벅찬 업무에 지쳐서 6교시 후 니들이 청소를 할 때쯤이면 나도 모르게 책상 위에 엎드려서 잠깐씩 잠들곤 했다. "선생님, 청소 다 했는데 집에 갈까요? '시끄럽다' 맞지요?" 자고 있는 내 머리맡에 살며시 다가와서 지가 묻고 지가 답하는 것이 너무 우스워서 내가 일어났단다. 남자임에도 차분하고 귀여웠던 강선이는 그 말만으로도 가끔씩 내 입술에 미소를 머금게 했다. 그때 내가 알았다. 너희들에게 "시끄럽다"란 말을 너무 자주 했다는 것을. 첫 부임지 부산 '사

222

서른 살, 편지마을에서 띄웁니다

하초등학교'의 기억이다.

그 다음 '신선초등학교'에서 너희들과 생활했을 때가 선생님 인생에서 제
일 힘들었을 때구나. 가정 직장 모두에서 연단의 시간이었다. 그나마 니들이
산처럼 순수하고 맑아서 위로를 받았구나. 세진이와 상진이 그리고 윤정이
가 떠오른다. 15년 전쯤 상진이가 교대를 졸업하고 선생님이 되었다는 소식
을 들었다. 지금쯤은 노련한 교사로 살고 있겠지?

'대평초등학교'에서 만난 5학년 우성이, 재규, 우준이, 윤경이, 영진이 니들
이 가장 먼저 떠오른다. 체육만 보통이고 모든 과목에서 타의 추종을 불허하
던 우성이, 훗날 들으니 서울대를 졸업했다더구나. 난 이미 알았다. 떡잎 때부
터 보이던 너의 재능! 수학이면 수학, 국어면 국어, 음악이면 음악, 심지어 피
아노와 서예까지도 뛰어나던 너를 보며 감탄했단다.

"어떻게 해서 저런 아이를 낳았을까?" 나도 닮고 싶었단다.

늘 심도 깊은 독서를 하고 매사에 박식하던 안경 낀 우준이, 멋진 외모에
체육과 공부를 잘하여 여학생에게 인기 짱이던 재규, 자기는 항상 윤경이를
제일 좋아하며 윤경이와 결혼할 거라던 넉살 좋던 영진이, 체육시간에 놀이
를 하며 짝짓기할 때 "두 명!" 했더니 모두 남자는 남자, 여자는 여자, 손을 잡
고 있는데 도망치는 윤경이의 손을 잡고 웃으며 의기양양하던 모습이 떠오
르네. 홀로 여자 손을 잡고서도 당당하여 오히려 멋있던 영진이, 윤경이 좋아
한다고 친구들이 놀려도 "그래, 나는 윤경이 좋아한다."며 당연한 듯 선포해
서 놀리던 친구를 무색하게 만들더구나. 용기 있는 자가 미인을 얻는다고 했
는데 영진이 너는 지금은 어떤 미인과 살고 있니? 궁금하다. 미모와 지성을

고루 갖추었던 윤경이도 잘 살겠지? 그 다음 해에 만난 성률이, 인미, 한 번 입고 작아졌다고 인미가 물려준 원피스를 내 딸 유진이가 입고 찍은 가족사진을 볼 때 인미, 네가 보인다. 부산에서의 마지막 '동삼초등학교'에서는 1년 있었구나. 그 다음 해에 경기도로 왔으니 말이다.

첫 학교에서 재민이가 사전실험을 해오듯 미술시간 전에 미리 집에서 미술책을 보고 참고작품을 만들어오던 지적인 너의 이름이 떠오르지 않는다. 남자 반장이었고 차분하게 모든 일을 잘하던 아, 맞다. 명준이구나. 시키지 않았는데도 무려 1년간이나 미리 작품을 만들어 오던 너는 어떤 어른으로 사니?

1995년 3월 1일자로 선생님은 경기도 금곡초등학교에 발령을 받았다. 경기도에서 두 번째 해에 만난 너희들, 하린이, 종국이, 영상이, 새롬이, 준석이-너희들 역시 선생님의 뇌리에 또렷하구나.

내 이야기에 귀 기울이던 너희들의 모습이 귀여워 '몽테크리스트 백작' 이야기를 연작으로 들려주려고 나도 몇 번씩이나 다시 읽으며 책의 감동과 분위기를 최대한 이끌어내려 애썼구나. 너희들은 유별났어. 내가 소개해 주는 책들은 모두 사서 읽던 기특하고 감동적인 아이들이었어. 지금은 모두 30대도 초반을 지나 중반이구나. 국어, 영어, 수학, 미술 음악 등 매사에 뛰어나고 깊이 있는 일기를 잘 쓰며 그림과 글씨는 나보다 더 잘 쓰던 하린이! 네가 5학년 때 그린 정물화 그림은 내 눈에는 명화로 보여서 아직도 우리 집에 간직하고 있구나. 심한 자폐를 앓아 말 한마디 안 하고 아무 것도 못하던 미란이를 짝꿍으로 해 주어도 세심하게 잘 보살피고 도와주던 너는 어리지만 착한 어른 같았다. 욕심 많고 이기적인 이 세상에 어울리지 않았는지 어느 날 유학을 앞두고 거짓말처럼 하늘나라로 훌쩍 떠나서 지금은 선생님의 가장 아픈 이름이 되었구나. 네가 그렇게 갈 줄 어찌 알았겠니? 모든 것을 너무 잘 하고 매사에 진지해서 이 땅의 상층에서 꿈을 펼치며 살 줄 알았는데 네 속에 삶에 대한 깊은 회의와 허무가 있는 줄 어찌 알았겠니? 너의 엄마로부터 너의 죽음을 전해 들으며 전화기를 들고 울었던 기억이 난다. 펼치지도 못한 채 상실된 그 청춘, 그 재능, 그 미래가 아까워서 통곡했단다.

하린아. 나의 큰 자랑이었고 감동적인 '애제자'였던 너를 묻은 시린 가슴 위로 바람처럼 세월이 흘러갔구나. 너의 어머니는 아직도 헤어나오지 못한 것 같더구나. 어쩌니? 어떤 위로도 위로가 아닌데—

공부에 뛰어나고 매사에 진지하여 글자 한 자 한 자의 의미도 꼼꼼하게 새겨가며 읽어 행간의 의미를 놓치지 않던 영상이, 너는 서울대 갈 거라고 내가 예언했었는데 서울대를 졸업하고 무슨 연구소에 있다더구나. 종국이는 연대를 졸업했고 준석이는 카이스트를 졸업했다고 몇 년 전 전철 안에서 우연히 만난 새롬이로부터 들었다. 모두들 각자의 세상에서 뿌리를 내리고 잘 살고 있으니 뿌듯하구나. 그 뒤 동구, 풍양, 와부에서 만난 너희들까지 추억은 구석구석 새롭지만 이 지면이 감당하지 못할 것 같구나.

몇 년 전 동구에서 4학년이던 아라 어머니를 교회에서 만났는데 "선생님, 지금까지 우리 아라는 최영자 선생님이 최고래요." "그래요? 아라가 지금 몇 살이지요? 왜 최고인지 궁금하네요." 했더니 "우리 아라는 선생님이 해 주신 '몬테크리스트 백작'이 제일 재미있었대요."라고 해서 잊고 살던 그 시절의 나를 반추해 보았네. 지금은 20대 후반이겠구나. 그때 연속극처럼 매일 조금씩 들려주어 너희들을 안타깝게 했지? 풍양에서 만난 1학년 착한 민용이는 고등학생임을 알려줘서 고마워.

'와부초' 3학년에서 만난 너희들과의 추억은 운동회 때의 라인댄스로 남는다. 반장 부반장이던 윤희와 건우는 파트너가 되어 댄스를 어찌나 잘하던지 선생님의 감탄을 받았잖니? 노력이 중요하지만 재능도 있는 거라고 시범조인 너희를 보며 알았단다. 제 2의 김연아를 꿈꾸며 피겨스케이팅을 하던 윤희는 중학생이겠구나. 날렵하고 민첩하고 신사인 건우는 어디서나 인기남일 거야.

"선생님, 전에 재훈이가 선생님 늙었다고 했어요." 재현이, 재훈이, 이름도 비슷한 네 녀석들이 싸워서 선생님이 타이르는 중에 본질은 흐려지고 내 늙은 것만 알게 된 것도 와부초등학교에서였다. 두 녀석이 거의 비슷하지만 재현이가 조금 더 잘못한 것 같아서 재현이를 타일렀는데 억울했는지 재훈이가 그렇게 말했다고 일러주더구나.

"재훈아, 니가 선생님 늙었다고 했니?"라는 내 물음에 대역죄라도 지은 듯 고개를 푹 숙이던 모습이 얼마나 우습던지— 너는 사실을 말한 것인데 —"재훈아, 왜 고개를 숙여? 늙은 게 나쁜 거니?" 어릴 때 미국에서 살다가 입학할 때 한국에 와서인지 우리말이 서툴던 너는 어리둥절한 얼굴로 나를 보더구나. "재훈이는 늙어서까지 살고 싶어? 늙기 전에 죽고 싶어?"라는 내 물음에 "늙어서까지 살고 싶어요."라고 대답하더라. "그러면 늙은 것은 좋은 거니 나쁜 거니?" "좋은 거요." 눈을 동그랗게 뜨고 지켜보던 와부 2학년 너희들아, 이제 좀 컸으니 하는 말인데 늙어서까지 살기도 안 쉽다. 늙음은 모두가 누리는 행운이 아니야. 선택된 일부이니 감사할 일이지 흉은 아니란다. 너희도 건강하게 살고 늙도록 잘 살기 바란다.

작년 화도초 2학년 순수한 너희들은 공식적인 내 마지막 제자들이었어. 추운 날 더운 날을 가리지 않고 아침마다 출근하는 나를 기다리다가 내 차가 들어서면 손을 들어 환호해주던 고맙고 귀여운 아이들이었어. 혹여 우르르 차도로 내려올까 봐 마음이 조마조마했단다.

"우리 선생님 기다린다."며 서 있는 너희들이 추위에 얼까 봐 다른 선생님이 교실에 들어가라고 해도 못 들은 척 끝까지 나를 기다리던 녀석들 -이 나이의 나를 누가 그리 기다리고 환호해 주겠니?-

차에서 내리면 두 녀석이 나의 가방을 서로 차지하려고 하다가 사이좋게 한 개씩 메고 냅다 교실로 달리던 모습이 떠오른다. 마지막 날 성적표를 준 뒤에 안고 토닥이며 헤어졌는데 "선생님 보고 싶다."고 집에도 안 가고 눈물 흘리며 복도에서 교실을 엿보던 귀여운 너희들, 정말 고맙고 행복했다. 그때 내가 교단을 떠난다는 말을 안 한 것 미안해. 새 학기에 선생님 만날 거라고 서로를 위로하며 가던 너희들은 지금은 새 선생님과 잘 지내고 있지?

돌이켜 보면 속상한 적도 많은데 그런 기억보다 행복한 기억이 많이 떠오르다니 내가 생각해도 신기하다. 어떻게 쓰다 보니 선두를 달린 아이들 이야기만 소개되었구나. 모두가 소중한 너희들에게 미안한 일이지만 내 기억이 아프고 어둡고 안타까운 일은 걸러내고 기쁜 감동만 내놓나 보다. 너희들 이름이 빠졌다고 섭섭해하지 말기다. 지금은 너희들 모두 누군가의 기쁨과 슬품, 혹은 깊은 의미일 것이니 내가 너들 이름을 기억하고 안 하고가 대수겠니? 혹여 나도 모르게, 혹은 알고도 상처 준 적이 있다면 모두 용서해 주라. 선생님에게도 삶은 일회성의 어려운 선택들의 연속이어서 두려웠고, 마음은 수많은 갈등으로 늘 공사 중이었으며, 머리는 항상 배우는 중이었고 몸은 늘 피곤했단다. 한마디로 치열한 전투 중이라 너희들을 세심하게 보살피지 못한 것 정말 미안하다. 나를 스쳐 간 고마운 너희들, 너희들과의 삶이 지금까지의 내 삶의 전부였구나. 교단을 떠나며 너희들의 삶이 건강하게 뿌리내리고 성장하고 마음껏 꿈을 펼치길 진심으로 기도한다. 얘들아, 모두 고맙고 사랑한다.

안녕. 더 많은 소식을 기대할게. 그것이 힘든 전투의 소식일지라도.

2019. 7. 5
최영자 선생님이

나는요? | 최영자

경기도 남양주시 덕소에 삽니다. 산과 강을 가까이 둔 행운에 감사하며 살고 있지요. 2019년 2월에 36년간의 교직생활을 마감했습니다. 퇴직 후 엄청난 자유가 기다릴 줄 알았는데 생각보다는 자유의 양이 적은 데 놀라고 있습니다. 미적대다 보면 금방 하루가 가서 밀도 높은 삶을 위해 시간을 쪼개며 못했던 일들을 누리려고 애씁니다. '지금이 청춘이다.'라고 생각하며 뇌를 속이며 살려고 합니다. 남편만 한 좋은 친구가 없음을 새롭게 깨달으며 세 딸들이 각자에게 어울리는 좋은 짝을 잘 만나도록 기도하고 있습니다.

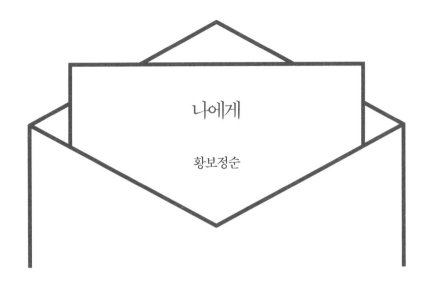

나에게

황보정순

"넌, 지금껏 누구를 위해 살고 있니?"

나에게 이렇게 따져 묻는다면 나로서는 한심한 생각을 하지 않을 수 없다.

"참, 바보다! 넌 아주 세상천지에 없는 등신이다!"

"하하하, 그래! 나는 조선에 없는 바보 등신이라서 지금까지 이러고 산다."

나 스스로 생각해 봐도 이렇게 여겨지는 것은 한심한 일이다.

결혼하여 변변히 가진 것도 없는 무일푼의 남자와 살고부터 곡절이 많은 것은 태산과 같은 운명을 어깨에 지고 사는 것과 같았다.

결혼 초에는 도시에서 소규모의 공장을 운영하면서 남들처럼 매달 수입금이 일정하지 않는 생활을 함으로써 그만큼 생활 운영이 힘들었다는 것도 감안할 일이다. 그러나 부족한 수입은 미래가 눈앞에 있다는 이유로 기다렸던 세월은 한숨만 입에 달고 살아온 것 같다.

아이가 세 살 무렵이었을 때, 시아버지가 돌아가시면서 자연히 정신없는 치매로 사시는 시어머니를 봉양하기 위해 도시 생활을 접고 시골로 들어오게 되었다.

시골은 수입이 전혀 없는 곳이었다.

그 당시에는 요양시설이 없을 때였으니 힘들게 어른을 모시고 살아야 한다는 것은 당연했고 남편 형제들이 있다지만 당연히 장남이 모시고 살아야 한다는 고정관념이 있었기에 이대로 살아야 하는 운명이 펼쳐진 것이다.

남편 형제들은 없는 가정에서 태어나서 그러한지 어머니에게 투자하는 자식이 없었다.

그러니 나로서는 더욱 힘들어지고 어디로 나가서 공장에라도 다녀야 하는데 이곳 시골에서는 공장에도 다니기가 어려운 곳이었다.

내가 살아가는 이곳은 당시만 해도 좋지 못한 환경은 몽땅 갖고 있었던 곳이었다. 들판에 나가 밭이랑 논이랑 다니면서 나를 마중하는 것은 오직 햇볕이나 바람뿐이었다.

그렇게 활동하는 동안에는 비타민D를 충분히 흡입한 세월이 되고 있었다. 그런 동안에 나는 오래도록 햇볕에 굴러다녀서 그랬던지 얼굴은 붉어지고 고왔던 피부는 형편없이 망가지게 되었다.

어려운 난관과 곡절이 하도 많았기에 어떤 경우를 내세우며 글을 써야 하는지 이 또한 낭패만 있을 뿐이다.

시어머님이 치매로 사시는 동안 30년 가까이 함께 지내다가 돌아가셨다. 이제 와서 나를 돌아보니 나는 이미 환갑에 접어들었고 세월은 허송세월이었다. 내가 하고 싶은 일도 못 해 보고 그냥 흘러가 버렸음을 알았다.

뜻밖에도 나에게 글을 쓰는 취미가 있음을 알게 되었다. 어떻게 지난날을 견디며 살아왔던가를 곰곰이 생각하게 되었고 그 많은 세월 동안 가슴속에 묵혀두었던 감정들을 꺼내 뭐든지 글로 써보고 싶은 욕망이 샘솟았다.

난 요즘 스스로 이렇게 평해 버린다. 그동안 참 수고했다고 내심 감사하고 산다.

젊은 동서는 이렇게 살 바에야 이혼하고 떠나지, 왜 사냐고 말했다. 그것은 어디까지나 동서가 나를 위한 걱정이고 위로라 여기지만 난 그렇게 하지 못하고 살아왔다.

철들면 저승길이 가깝다는 말을 하는데 이제는 나의 유일한 글쓰기 취미를 찾아 즐겁게 성취하고 살아야겠다는 생각을 많이 한다.

요즈음은 부쩍 이런 생각도 해본다. 눈에 넣어도 아프지 않을 손주가 생겨서 나름은 힐링이 되는 삶이 되었다.

아이가 커가는 모습은 늘 새롭다.

날이 가면 갈수록 말을 하게 되고, 할아버지가 누군지 할머니가 누군지 알아가는 일은 신기할 따름이다.

아이로 인해 살면서 화난 일도 접게 되고 웃는 모습을 보면 화를 참지 않을 수 없다. 보면 볼수록 신통함이 따랐다.

새로운 생명이 태어나므로 인해 아이의 성장하는 모습을 지켜보면 나에게는 위안이 되기도 하고 그래서 또한 웃게 된다.

그래서 또한 성경 구절을 즐겨 기억한다.

'헌 것은 가고 새것이 왔다'는 구절을 가슴에 간직하며 산다.

이제 나는, 나에게 말한다. 세상은 살만하다고 스스로 위로를 하며 살아간다.

나는요? | 황보정순

59년생이고요, 경남 고성에서 살아요.

한국공무원문학회가 운영하는 『옥로문학』 공모 '公友 신인상' 단편소설이 당선되어 문학 활동을 하게 되었습니다. 지금은 소설가로 활동하고 있습니다.

저서로는 『피앙새』 『바람의 벽』 『낭도의 봄』 『석산』이 있습니다.

| 편지마을 15집 |

서른 살, 편지마을에서 띄웁니다

2019년 전국 어머니 편지쓰기 모임 편지마을
창립 30주년 기념집